D1689766

la Scala

SIMONE LENZI
In esilio

Rizzoli

Pubblicato per

Rizzoli

da Mondadori Libri S.p.A.

Proprietà letteraria riservata
© 2018 Mondadori Libri S.p.A., Milano

ISBN 978-88-17-09813-7

Prima edizione: aprile 2018

In esilio

La crisi consiste nel fatto che il vecchio muore
e il nuovo non può nascere.
Antonio Gramsci, *Quaderni del carcere*

I
In esilio

Questa non è una storia. È un invito a guardare di nuovo il cielo di notte, in estate, come si faceva da ragazzi, quando cercavamo di riconoscere il disegno delle costellazioni. Non è una storia, perché le storie le abbiamo viste già tutte in televisione, per tutte le sere di questa nostra prematura vecchiaia in cui abbiamo smesso di uscire a guardare il cielo d'estate e siamo rimasti seduti sul divano ad ascoltare, a osservare milioni di storie che ci scorrevano davanti.

La storia della bambina che nacque con le gambe attaccate, come una sirena. La storia dell'uomo che aveva un tumore da cento chili. La storia dei ciccioni che non riescono più ad alzarsi dalla sedia. La storia dei nani che si amano. La storia delle malattie che non conosce nessuno, come quella di Jane che adesso non può fare a meno di chiedersi come mai nessun medico in vent'anni abbia capito cosa diavolo avesse finché un dottore dell'università di Chicago, l'unico esperto al mondo della sindrome, non le dice che la sindrome che conosce solo lui colpisce un americano su dieci milioni. Ma si metta l'animo in pace, perché non c'è cura. La storia degli omicidi della porta accanto. Delle reginette di bellezza assassinate nella provincia americana più profonda. La storia dei cuochi vagabondi che assaggiano una brodaglia in culo al mondo e cercano di spiegarti quanto è buona. E allora mugolano qualche secondo, agitano la mano davanti alla telecamera e poi finalmente te lo dicono: «Mmm... ohhh... wow, ma quanto è buona!». La storia di quelli che si trasferiscono in Italia dall'Arkansas e scoprono che in Italia non usiamo l'asciugatrice per i panni, ma non importa, adoriamo questo Paese! La storia del ragazzo e di suo padre che ha cambiato sesso ed è ancora suo padre ma ora si chiama Polly. E la storia naturale delle corna, in ogni triangolazione possibile. Di Anna che si era sentita di nuovo una ragazzina e di Marco, il suo istruttore in palestra, che una sera si era fermato a parlare con lei e l'aveva guardata come non la guardava più nessuno da anni e, sì, lei aveva perso la testa. La storia di quelli che comprano box all'asta e ci trovano dobloni, la storia di quelli che devono comprarsi la casa al mare, ne vedono tre e poi ne scelgono una. La storia dei plutocrati umiliati, la storia del boss che si finge addetto alle pulizie in uno dei suoi diecimila supermercati e poi stacca un assegno da diecimila dollari per far studiare il figlio di Jemima, la cassiera che ha sempre un sorriso per tutti i clienti, anche se ha avuto una vita difficile ma Gesù è sempre stato al suo fianco. La storia delle tette rifatte male e di tutta la chirurgia che c'è voluta a ritirarle su. La storia dei parassiti che ti entrano in un occhio mentre fai il bagno nel lago e di quelli che ti entrano in un piede se pesti una merda e di quelli che ti prendi se mangi un certo granchio giapponese crudo. La storia delle ragazzine che partoriscono distrattamente. La storia dei pornostar. La storia di gente che scopa su un'isola deserta. La storia delle case da ristrutturare. La storia dei matrimoni napoletani nella reggia di zucchero e panna, dell'ugola d'oro che canta al ricevimento, della limousine a noleggio e dei grandi ammennicoli sbrilluccicanti che pendono alle orecchie, ai polsi, al collo degli invitati. La storia dell'aspirante chef umiliato dagli chef più stellati, che dentro quel piatto aveva messo tutto se stesso, le sue emozioni, la sua storia, eppure quel piatto fa schifo. La storia dei pasticcieri che si incasinano con la Victoria's Cake e vedono il loro sogno distrutto. La storia dell'abito da sposa perfetto per il più bel giorno della mia vita e la storia della checca inorridita dalla nostra atroce mancanza di stile; la storia dei buongustai che vanno a mangiarsi una cipolla specialissima in un posto che prima conoscevano solo loro ma che adesso conosciamo tutti. La storia delle grandi invenzioni umane e la storia dell'universo, dei buchi neri, delle galassie. La storia dei file segreti della CIA, dei grandi complotti, della vita su Marte, delle civiltà aliene, la storia del mondo fra cent'anni, dopo l'Armageddon di cui si ha sempre più desiderio e sempre meno paura. La storia del jihadista della porta accanto, che salutava tutti ed era tanto gentile. La storia del fatto che ci sono molte teorie sul mistero dei cerchi nel grano, ma ce ne fosse una di cui mi frega qualcosa. Insomma, i milioni di storie che mi sono fatto raccontare, seduto sul divano, in questa prematura vecchiaia, di cui però questa storia non fa parte perché, qualunque cosa sia, questa storia non è una storia. Ne è solo la fine, indovinata prima che accada, in un cielo vuoto. Il presagio di una fine.

Si tratta allora di unire i punti e vedere se ne venga fuori un'immagine che abbia senso, per quanto i punti non siano così ben numerati da non lasciare adito all'errore, per quanto l'immagine sia piuttosto evanescente e confusa, come una macchia di Rorschach o quella nuvola in cui indovinammo il muso di una lepre. Ma poi, come una lepre, la nuvola fuggiva. Si sfilacciava nel vento. E alla fine non restava altro che la fine stessa in un cielo immensamente vuoto. Ecco, questo è un invito a indovinare la fine in un cielo immensamente vuoto di una notte d'estate.

Io non so ancora che fine faccio, e neanche so dire esattamente quando ho cominciato a fare la fine che faccio. Ma sono certo che sto facendo una fine. D'altronde, è quasi più facile capire che fine fanno gli altri, quando gli altri cominciano a farne una, che non capirlo per se stessi, e questo perché, se non fosse così difficile, molti finirebbero col fare una fine diversa da quella che fanno. Non so quando ho cominciato a fare questa fine che faccio, dicevo, ma penso di aver cominciato qualche anno fa. Mi vengono in mente episodi apparentemente insignificanti, che forse non c'entrano nulla l'uno con l'altro, ma che mi si presentano insieme alla memoria.

Lavoravo come programmatore in un'azienda informatica, avevo poco più di trent'anni. Non so perché facevo quel lavoro di cui non mi importava niente, che era lontano milioni di anni luce da ogni mio interesse, eppure lo facevo. Stavo seduto alla scrivania, in un ufficio con vista sull'inceneritore. Aprivo e chiudevo la guardia del "se" (se X è uguale a questo fai così, altrimenti fai questo, fine del "se"), mandavo in circolo i valori di una variabile (per ogni X che va da zero a qualcosa), mettevo in relazione uno a molti le tabelle di un database. Soprattutto mi rompevo i coglioni. Leggevo il blog di quel comico che fondò il Movimento.

Una volta, ricordo, sul blog c'era una discussione sui resti. Su quelli che sbagliano a farti il resto. Tutti che raccontavano la loro esperienza personale: il tabaccaio, il giornalaio, il farmacista, il barista che sbaglia a farti il resto. Tutti erano stati vittime di un resto sbagliato, e guarda un po', ci fosse mai stato uno di questi signori che aveva sbagliato a farti il resto dandoti più di quel che ti spettava. Sì, stai fresco. Macché. Sbagliavano tutti per difetto: a uno avevano cercato di fregare due euro, a uno addirittura dieci. Sbagliavano tutti apposta, tabaccai, farmacisti, baristi, tassisti, per fregarti i soldi. Ma era arrivato il momento di dire basta. Loro non ci stavano più a farsi fregare sui resti. Non erano più soli, non erano più atomi spersi nell'universo: erano diventati una legione. «Come ti chiami?» chiese Gesù. «Mi chiamo Legione, perché siamo tanti.»

Chissà quante volte avranno sbagliato a farmi il resto pure a me, riflettevo. Mi avranno fregato milioni e io non me ne sono neanche accorto. Ma no, pensavo. Forse a me non mi hanno mai fregato, oppure mi hanno fregato ma non l'hanno fatto apposta, oppure qualche volta mi avranno dato di più e io me li sarò intascati in perfetta buona fede. Oppure va bene, c'è un complotto dei commercianti per dissanguarti, ma se anche fosse così, io stavo meglio quando non lo sapevo. Stavo meglio fregato e inconsapevole, pensavo.

Facevo il programmatore, ma avevo studiato filosofia da giovane. E avevo smesso proprio per quello: lo smascheramento. Non ne potevo più dello smascheramento. Tutti i filosofi dello smascheramento: hegel, schopenhauer, marx, kierkegaard, nietzsche che smascheravano questo e quello. Non ne volevo più sapere. Che ci fosse altro dietro le apparenze, un velo da squarciare, un re da denudare, un sistema da decostruire, un mondo da criticare, non volevo saperne più nulla. E se non mi interessava smontare la metafisica, o il sistema capitalista, o il mondo come volontà e rappresentazione, o l'ipocrisia del cristianesimo, cosa poteva fregarmene di scoprire che il tabaccaio mi aveva fregato venti centesimi? E se anche fosse successo, che il tabaccaio mi aveva fregato venti centesimi, cosa potevo cavarne? Ma poi dài! Io il mio tabaccaio lo conosco, mi dicevo, ma è una bravissima persona, via! Però era cominciato da lì, credo, almeno per come me lo ricordo io. Avevo sentito un saporaccio in bocca. Perché la storia dei resti non diceva niente sui tabaccai o sui farmacisti o sui pizzicagnoli, come categorie, ma diceva abbastanza sull'aria che si cominciava a respirare. Il bisogno di sentirsi dalla parte dei giusti, dalla parte degli onesti, e un darsene la patente da soli: un saporaccio amaro in bocca. Ché lì sul blog, certo, si parlava di temi ben più importanti, l'inquinamento, le tasse, i politici corrotti, uscire dall'euro, come lavarsi le mutande con una pallina di gomma, ma era in quel dettaglio, in quella discussione marginale sul problema dei resti sbagliati, che finalmente Legione aveva gridato il suo nome. O almeno, così era parso a me. Comunque, intanto avevo smesso di fare il programmatore e mi guardavo intorno in cerca di un altro lavoro.

Però avevo anche cominciato a provare un fastidio fisico per le grandi catene del fai da te che pullulano nelle periferie commerciali della città. Perché lì Legione mi si mostrava a viso aperto, in carne e ossa. Aveva felpe comode in tessuti tecnici, color merda o vomito. Comodi borsetti girovita. E scarpe comode. Si aggirava per questi grandi centri commerciali del fai-da-te, vestito di merda, per fare tutto da sé. Basta farsi fregare da questo o quello, meglio ritingere casa da sé, montarsi da sé i pannelli solari, ripararsi la stufa, cambiarsi il rubinetto.

E si capiva che, per il tempo perso, per il costo esoso delle prove e degli errori, non era questione di risparmio, ma di una profonda sfiducia in tutti gli altri, in quel prossimo che Legione ora guardava in tralice, ma con un ghigno di soddisfazione: «Non mi freghi più, ora mi faccio tutto da solo, vedrai». E rideva, perché sapeva di non essere più solo: mi chiamo Legione perché siamo tanti, tutti vestiti di merda, in tessuto tecnico, con le scarpe comode e il borsetto girovita: prova a fregarci i soldi da questo borsetto girovita, provaci, stronzo! Non puoi. Non mi faccio più fregare, perché siamo tanti.

E passava il tempo, perché il tempo non sa fare altro. Lavoravo i lavori più assurdi. Ma mi ero messo anche a scrivere. Romanzi, racconti, articoli di giornale: uno non dovrebbe mai, mi ero detto, ma così fan tutti, posso farlo anch'io.

Intanto però il fastidio mi era preso anche mentre camminavo la sera sul lungomare o lungo i canali. I ragazzi e le ragazze di quarant'anni col birrino in mano, mi davano fastidio. La postura da birrino, le gambe leggermente divaricate, il baricentro spostato un po' in avanti, l'avambraccio destro leggermente proteso, mi dava fastidio. Il modo di tenerlo, fra due dita, quasi come un sigaro, o il bastone da passeggio di un dandy, mi dava fastidio. La parola *birrino* mi dava fastidio. Quando si sedevano sulle spallette dei canali, o lungo il muro del moletto, col birrino in mano, mi davano fastidio. Perché non era mai solo uno: «Mi chiamo Legione» dicevano col birrino in mano, «perché siamo tanti». Così avevo smesso di uscire la sera.

Poi mi era preso anche quando camminavo il giorno, e mi era parso che tutti intorno volessero dirmi che non ci stavano più a essere quello che erano, per cui, in definitiva, non avevo la minima idea di chi fossero né di cosa dovessi aspettarmi. L'idea che, in ciascuno di loro, ci fosse altro oltre quello che si vedeva e che quello che non si vedeva fosse in realtà la cosa più importante, mi sfiancava: il giardiniere del comune con quei demoni tatuati sull'avambraccio non era più solo il giardiniere del comune e se ne incrociavi lo sguardo era come se quegli occhi ti dicessero che lui era lì a fare quel lavoro, è vero, ma c'era ben altro. Così avevo smesso di uscire anche il giorno.

Era dunque chiaro come il nemico fosse Legione, tanto più subdolo e pericoloso perché non era solo il mio, ma, in generale, era il nemico di tutto e tutti, degli altri e di se stesso: non avevo mai pensato che la mia persona rivestisse tanta importanza da essere oggetto di attenzioni particolari. Semmai, alla fine, mi chiamavo

Legione anch'io perché oramai eravamo in tanti, anche se nessuno di noi si era mai sentito davvero a casa.

Intanto però era arrivato il momento delle elezioni amministrative in città e il candidato sindaco del Partito mi aveva chiesto se avevo voglia di fare l'assessore alla Cultura in caso di vittoria. E non è che fosse proprio l'aspirazione della mia vita fare l'assessore alla Cultura, però avevo pensato che uno si lamenta, si lamenta, poi quando tocca a lui fare qualcosa si tira indietro, e non va per niente bene. Quindi sì, avevo detto, siamo d'accordo, se vinci tu faccio l'assessore. Sicuramente lo farò male, avevo pensato, ma pazienza, devo almeno provarci, ché poi a dimettermi sono sempre a tempo. E comunque, avevo pensato, la gente è stanca del Partito al governo in questa città, quindi è pure probabile che il Partito non vinca le elezioni, per cui il problema non si pone nemmeno.

E così avevo cercato di spiegare che, in realtà, dietro quella stanchezza della gente per il Partito, si nascondeva una più profonda e inconfessabile stanchezza della gente per se stessa, e che, del resto, nessuno meglio di me poteva comprenderla: anch'io ero così stanco di me stesso, ma questo mi ero guardato bene dal dirlo, che mi sarei votato contro al ballottaggio, chiunque fosse lo sfidante. La gente, cercavo di spiegare, era stanca del Partito al governo della città perché il Partito al governo della città era esattamente il sintomo della stanchezza della città per se stessa. Ora dunque si poteva certo rimuovere il sintomo, ma la stanchezza della gente per se stessa, spiegavo, sarebbe rimasta tale e quale, e avrebbe trovato sfogo in un sintomo nuovo, probabilmente più grave del primo. Perché il Partito inutile al governo inutile della città era sintomo della malattia, appunto, e non la malattia stessa, che consisteva invece in questa inguaribile, sfiancante stanchezza della gente, le cui cause profonde si dovevano meglio indagare invece di affidarsi al palliativo di una finta rivoluzione da operetta. Ma no. Per fortuna la gente non lo aveva capito e aveva finalmente spodestato il Partito inutile dall'inutile governo della città, lasciandola, senza più giustificazioni, in preda alla sua oramai decennale stanchezza, ma liberando me, almeno, dall'angoscia di dover fare una cosa che, dopo essersi rivelata inutile per me stesso e per la città, mi avrebbe allontanato definitivamente da quella contemplazione inattiva delle cose nella quale ho sprecato con curiosa passione tutta l'esistenza, consegnandomi in cambio la prova definitiva della mia inadeguatezza.

Intanto avevo smesso anche di tenere la rubrica settimanale sul giornale locale, che era per me fonte di crescente malinconia, dovendo ogni settimana scrivere pezzi fra il serio e il faceto, con un tono un po' critico e un po' affettuoso nei riguardi di qualcosa, la città, su cui ormai, per come la vedevo io, l'unico articolo sensato da scrivere sarebbe stato un fondo di quattro colonne e mezzo completamente bianche, un fondo di quattro colonne e mezzo di bianco silenzio in prima pagina al posto di tremilacinquecento battute in terza pagina, fra il serio e il faceto, su qualcosa di cui non sapevo più niente.

Ma per quanto me ne stessi zitto sempre e in ogni modo, zitto al mattino, zitto al pomeriggio e alla sera, chiuso in casa, c'era sempre qualcuno a cui veniva in mente di chiedermi questo e quello sulla città, come se io potessi dire qualcosa di diverso, sulla città, da quello che ormai pensavo con sempre maggiore convinzione, ovvero che la città era stanca almeno quanto me: io di me stesso e lei di se stessa, e io di lei e lei di me. E tuttavia c'era sempre qualcuno che tornava a chiedere cosa ne pensassi dell'identità culturale della città, o del Sindaco, o della giunta, o dei problemi del porto, della nettezza urbana, e io mi mettevo lì a rispondere, per cortesia, su tutto, al telefono o in bella posa davanti alla telecamera ogni volta balbettando un po' di più, finché a un certo punto non mi avevano chiesto se volevo scrivere un pezzettino, fra il serio e il faceto, sul piatto tipico della città, conosciuto in tutto il mondo, degustato in tutto il mondo, invidiato da tutto il mondo, e io, finalmente, avevo rotto gli argini e avevo detto NO.

NO, il pezzettino sul cacciucco non lo scrivo.

Mi dispiace, grazie di aver pensato proprio a me, ma NO. Per tutta una serie di motivi ma per uno sopra tutti gli altri, ovvero che a me il cacciucco non mi piace. Il pomodoro ammazza il sapore del pesce e, comunque, a me fa venire l'acidità di stomaco. E questa cosa che pensavo da almeno quarant'anni, dalla prima volta cioè che me lo avevano fatto assaggiare da bambino, ovvero che a me il cacciucco mi resta indigesto, mi era rimasta sullo stomaco per almeno quarant'anni ma finalmente era venuto il momento di infilarsi due dita in gola e sputare la coda di rospo: NO, il pezzetto tra il serio e il faceto sul cacciucco io non lo posso scrivere. Bisogna aver rispetto dei lettori, pensavo, non si possono raccontare sempre balle, per due spiccioli poi, tra il serio e il faceto, con un tono un po' critico un po' affettuoso: grazie di aver pensato a me, ma NO.

E da quel momento, almeno, dire di no mi era diventato più facile: mi vuoi dire qualcosa sulla situazione del porto? No. Mi vuoi dire qualcosa sull'amministrazione comunale? No. Che ne pensi della raccolta differenziata?

No. Ma che risposta è no, ti ho chiesto cosa ne pensi. Ho capito, ma io non ne penso, quindi, per brevità, no.

E pur standomene zitto sempre e in ogni modo, zitto al mattino, zitto al pomeriggio e alla sera, chiuso in casa, alla fine io e mia moglie cominciammo a prendere in considerazione l'esilio.

Se lo ricordava, lei, quel passo della *Genesi* in cui Lot, con moglie e figlie, lascia Sodoma, su ordine del Signore, perché il Signore ha deciso di distruggere Sodoma ma gli dispiace per Lot, perché è un brav'uomo, e allora manda due angeli per costringerlo a lasciare la città? Ecco, questa era tutta un'altra storia. Intanto, io non avevo figlie e non ero il giusto che doveva abbandonare una città iniqua su ordine del Signore. A me il Signore non mi aveva ordinato proprio nulla, e certo non ero più giusto di chiunque altro. «Però una cosa in comune con la storia di Lot c'è» dissi a mia moglie, «ed è che io devo andarmene sul serio da qui. Quindi bada bene che se ti volterai indietro a rimpiangere la città, verrai trasformata in una statua di sale e io ti lascerò lì, piantata come una statua di sale in mezzo alla piana. Per cui pensiamoci bene: devo andare in esilio, ma se tu non vuoi, possiamo anche non farne di niente. Mica hai fatto nulla tu per meritarti l'esilio. E tanto ormai esco di casa cinque minuti al giorno. Posso continuare tranquillamente a scontare i miei arresti domiciliari... ché poi a pensarci, ci risparmieremmo pure la fatica del trasloco.» «Ma no» disse lei, «andiamo pure in esilio, però in campagna.»

Così dunque prendemmo la decisione di vendere la casa, e con essa anche tutto il silenzio che racchiudeva, per ennemila euro, senza neanche cercare di comprendere come fosse possibile che qualcuno si mostrasse disposto a comprarsi ennemila euro di silenzio rinchiusi in cento metri quadri con un giardino minuscolo perché, del tutto inaspettatamente, vennero a vederla a decine e fioccarono le offerte. In silenzio arrivò dunque l'estate, che di tutte è in assoluto la stagione più silenziosa.

Agosto, dunque, ma non sapevamo che fare. Eravamo compromessi da tutti i punti di vista. Per la città, e per la casa in cui vivevamo, ormai quasi come ospiti: a settembre non sarebbe stata più nostra, ce ne saremmo andati.

Ci eravamo soprattutto compromessi davanti a un notaio e dunque, in quel limbo, che potevamo fare? La programmazione televisiva d'agosto era tutto un rimestio di repliche di storie che conoscevamo già. E faceva caldo, si doveva pur uscire. Mia moglie mi disse che c'era il mercatino sul mare. Che mercatino, chiesi.

Mah, il mercatino equo e solidale. Che in fondo ci andavamo tutti gli anni, e va bene, ci saremmo andati anche quella volta al Mercatino Equo e Solidale. Cosa ci andavamo a fare, rimane un mistero, per me e forse anche per lei. Forse perché ancora ci incontravamo gente che conoscevamo. Diciamo dunque dei conoscenti, gente che comunque faceva piacere vedere una volta ogni tanto. Ci si fermava a chiacchierare un po', si scambiavano due parole. Ci illudevamo di avere ancora delle relazioni sociali. E così anche quell'anno eravamo andati al mercatino equo e solidale e giravamo fra le bancarelle. C'era quella di Natura Amica, per esempio, e allora mi fermai a parlare con il giovane conoscente dietro al bancone, e volevo chiedergli come gli era saltata in mente quell'idea che la natura fosse amica. Amica di chi? Non sapevo avesse amici, la natura. Ma mica glielo potevo dire. Volevo raccontargli una storia che mi era tornata in mente. Me la raccontò una volta un contadino, dalle parti di Volterra: il contadino aveva due fratelli e due sorelle, mi disse. E sarebbero rimasti in cinque, se il quinto non fosse morto in culla. Sua madre l'aveva lasciato sotto una pergola, mentre sistemava le fascine d'erba per i conigli. Una vipera amica, discesa fra i tralci di vite, lo morse sul collo. Il lattante morì. Morì male. La vipera naturale gli aveva iniettato il veleno amico direttamente nella carotide. Morì male, dicevo, e neanche in fretta.

Volevo raccontare questa storia della natura amica all'amico che tiene lo stand di Natura Amica, così per passare un po' di tempo, ma no, non lo feci. Poi mia moglie si incazza, pensai. Poi dice che non frequentiamo più nessuno per colpa mia. E ha ragione lei, pensai. In città era difficile avere degli amici in una fascia di età compresa fra i trenta e i cinquanta, se non credevi alla natura amica. Non perché a qualcuno gliene fregasse davvero qualcosa della natura o avesse la minima idea delle cose della natura, e soprattutto di quanto sia bassa la terra per chi la lavora chino tutto il giorno, ma perché era venuta fuori questa idea, a cui sembrava credere un numero sempre crescente di persone, che si stava molto meglio prima, quando cioè ci si doveva spezzare la schiena per farsi amica quella natura che di amici non voleva saperne.

Ma c'era lo stand vegano antispecista. E poi quello del biobalcone. Volevo capire cosa fosse. Capivo, sì, non era difficile: si trattava di piantare dei pomodori o magari dei fagiolini sul terrazzino. Va bene. A volte lo faccio anch'io, pensai: dà molta soddisfazione mangiarsi un pomodoro che hai piantato e visto crescere. Ma questa semplice gioia non bastava da sola, bisognava costruirci intorno un mondo di idee. C'erano delle pubblicazioni a riguardo, che mi misi a sfogliare. Il biobalcone è democratico, dicevano. Tutti possono farlo. E già questo non era vero, perché bisognava averci almeno un balcone: ecco che i senzatetto sono tagliati fuori dal biobalcone democratico, pensavo. Si deve risparmiare l'acqua: consigliavano impianti di irrigazione che rilasciano una goccia ogni tanto. L'Acqua bene comune, comunque, era già un altro stand.

Poi c'erano quelli delle piste ciclabili: un comitato che si batteva per la realizzazione di queste piste. I promotori sognavano città a misura d'uomo. Sognavano famiglie felici col caschetto da ciclisti, babbo mamma e figli con il caschetto da ciclisti, che pedalano felici in mezzo al verde della città. Volevano pedalare e differenziare i rifiuti. Conoscevano la scienza della monnezza. Volevano passare due ore, ogni giorno, a farne la cernita: l'organico, la carta, la plastica (pochissima plastica), e dopo aver differenziato per bene, via, tutti insieme in bicicletta, per andare al centro acquisti a chilometro zero a comprare le verdure di stagione. Un amore, questo per le biciclette, che faticavo a comprendere, perché penso che con l'invenzione del motore a scoppio la bicicletta stia alla motoretta come la pittura sta alla fotografia: tradisce una inevitabile tendenza all'astrattismo, là dove il pennello non potrebbe mai contendere il primato realista alla cruda verità dell'obiettivo fotografico.

Però lo capivo, non si deve essere troppo realisti: bisogna pur avere dei sogni. Allora sogniamo di andare in bicicletta in una città senza più auto, pensa che meraviglia! Una città verde, piena di orti urbani, fagiolini nelle aiuole, pomodorini sui balconi, galline che razzolano felici un po' ovunque. E piste ciclabili. Lo capivo. Niente smog, tanto relax. A molti fa piacere pedalare per non stare troppo seduti, per muovere un po' il culo, per evitare l'atrofia muscolare, per perdere peso, per mantenersi in forma. Tutti bisogni borghesi comprensibili, ma troppo faticosi per me. Però, davvero, se vuoi la bicicletta, vai in bicicletta. La meravigliosa varietà del mondo contempla anche i ciclisti, c'è posto per tutti, e siccome in effetti rompono i coglioni quando te li trovi per strada, meglio ci siano le piste ciclabili. Sono favorevole alle piste ciclabili, per levarsi dai coglioni i ciclisti: firmai anch'io, sostenni il comitato delle piste ciclabili. Mia moglie era contenta che avevo firmato. Qualunque cosa pur di non avere i ciclisti fra i coglioni quando vado in macchina, le risposi. Poi c'era lo stand dove dipingevano il volto dei bambini, con farfalle e fiorellini, utilizzando pigmenti naturali estratti dalle piante che non fanno male alla pelle. E dopo i bambini giocavano e danzavano tutti insieme su allegre musichette suonate da strumenti antichi. I bambini erano un bene prezioso in città, ce ne erano pochi, ce ne erano sempre di meno. Io non ne ho, per dire. E forse è meglio così, a giudicare da come si erano rimbecilliti quelli che ne avevano. Questi rari bambini me li vedevo sempre su Facebook, quando ancora avevo una vita sociale almeno su Facebook, postati dalle loro mamme monomaniache. La cacchetta, il dentino, e poi, crescendo, le frasine, riportate con un'enfasi da candidatura al Nobel. Tutto il meglio per i bambini: tutto bio, niente OGM. E allattamento al seno. Fino a otto anni. Tutta una tetta grondante latte: c'era lo stand delle puerpere che organizzavano allattate collettive. Passeggiate nella natura con i cuccioli attaccati alle tette. E gli stand degli apicoltori, e quelli del pane fatto in casa senza lieviti industriali, alla riscoperta di certi antichi grani ché un tempo mica c'era la celiachia che c'è oggi! E anche se, a quel tempo, la gente che viveva a chilometro zero si beccava lo scorbuto, la pellagra, il gozzo endemico, il cretinismo atavico, e a trent'anni ne dimostrava settanta, non c'era la celiachia, che è il vero cancro del secolo. Ecco infatti lo stand degli orti urbani: un collettivo che aveva occupato un lotto di terra in centro, a due passi dal mare, in un quartiere dove i coglioni come noi, dissi a mia moglie, comprano casa a tremila euro al metro quadro. Ma un tempo, qui, era tutta campagna. Lo dicevano quelli del Comitato degli Orti Urbani: questa terra «fino al 1973 era seminativa». E loro volevano che tornasse a esserlo. L'iniziativa, del resto, era stata un successo:

«In pochi mesi, quel terreno che per anni è stato assalito da rovi e speculazioni edilizie ha trovato nuova vita, diventando uno spazio condiviso, frequentato tanto dal quartiere quanto da tutta la cittadinanza, prova ne sia l'ultima iniziativa pubblica, l'apericena vegan itinerante dello scorso 20 luglio».

Gli ortourbanisti avevano le idee chiare su come si dovesse fare agricoltura. Sebbene nessuno di loro avesse mai fatto davvero il contadino, nessuno nutriva dubbi sulla necessità di «bandire le monocolture» e di «proibire i semi OGM». Ma in definitiva, i punti salienti del programma erano due:

- sostenere l'esperienza di ritorno alla terra come opportunità di auto-reddito.
- Promuovere l'agricoltura naturale come strumento di autodeterminazione alimentare (cibo genuino

ed economico prodotto nel rispetto delle terre che ci ospitano) e la salvaguardia del patrimonio agro-alimentare, anche tramite lo scambio di semi autoprodotti e antichi, nel pieno rispetto dell'ecosistema che ci ospita.

Questa falsa umiltà, questa ossessiva mitomania new age, amici ortolani: «l'ecosistema che ci ospita», «le terre che ci ospitano». Ci ospitano un cazzo, amici ortolani. Chi credevate di essere voi? Eravate arrivati lì con l'Enterprise? Eravamo in una puntata di *Star Trek*? Queste terre non ci ospitano, queste terre sono casa nostra, in generale, e in particolare, cento metri quadri di queste terre sarebbero stati miei, ancora miei, fino a settembre. Tremila euro al metro quadro le avevo pagate: ospite un cazzo.

Ma eravamo lì, al mercatino equo e solidale, a sostenere la coltivazione degli orti urbani con antichi semi come opportunità di auto-reddito per giovani contadini urbani itineranti da un apericena vegan all'altro, con i figli non vaccinati attaccati alle tette fino a otto anni. Ormai ci odiano tutti, disse mia moglie. Che anche lei, al lavoro, aveva notato come fosse cambiato il clima, perché la sua socia, e anche la sua dipendente, erano attiviste di una lista civica di *vera* sinistra nata per liberare la città dalla dittatura del Partito e farla rinascere valorizzando tutte quelle risorse che la dittatura del Partito e dei suoi scherani aveva soffocato in quegli anni. Poi, al ballottaggio, la lista civica di vera sinistra fece vincere il Movimento dei resti sbagliati e della pallina per lavare le mutande, ma andò bene lo stesso: in fondo erano d'accordo su molte cose e comunque l'importante era liberare la città dalla dittatura. Per "cambiare passo", diceva il loro slogan. Ero rimasto molto affascinato dalla foto che avevano usato per invogliare la cittadinanza al tesseramento, quelli della lista civica di vera sinistra: gambe e piedi scalzi, visti dal basso, in un assembramento che doveva essere una manifestazione, un picchetto o una cosa del genere. In primo piano i piedi di una ragazza con i jeans rimboccati, nell'atto di muovere un passo. I talloni ovviamente sudici, per il contatto con l'asfalto. L'immagine comunicava una sensazione di vigore giovanile, la volontà di incamminarsi verso un futuro finalmente diverso, liberandosi dalla costrizione delle scarpe in cui ci hanno imprigionato le convenzioni borghesi.

"Cambiare passo", dunque: via le scarpe, inutile ammennicolo che ci impedisce il contatto con la madre terra che ci ospita. A piedi nudi negli orti urbani, da un apericena vegan all'altro, con i figli attaccati alle tette, per gli antichi semi come fonte di auto-reddito. Mia moglie disse che prima la sua socia, e anche la sua dipendente, le chiedevano cosa avremmo fatto per cena, adesso non le chiedevano più nulla. Che era colpa mia. Immagino derivasse dal fatto che, per loro, eravamo diventati imbarazzanti. Forse per questa mia ostinazione a volermi mettere le scarpe? Non lo so. O forse loro sapevano un po' tutto, e invece noi non sapevamo nulla. Io, ad esempio, avevo letto qualche libro, ma non sapevo cavarne una visione coerente del mondo. Di certo non sapevo come fosse meglio coltivare la terra. Se ad esempio fosse vero che gli OGM fanno male: non lo sapevo, e non me ne importava nulla.

Per non parlare delle intolleranze alimentari. Secondo te, tesoro, chiedevo, perché adesso ci sono le intolleranze alimentari e prima non c'erano? Sono sicuro che al mercatino equo e solidale tutti avrebbero saputo risponderci. Ero io che non lo sapevo. Ero io quello a cui non fregava nulla di nessuna di queste cose, per le quali provavo solo un fastidio sfiancante. Ero io a non avere alcuna sensibilità ecologica. Ecco, l'avevo ammesso. A me dell'ecologia non me ne fregava nulla. Lo dissi a mia moglie, che però mi pregò di tenermelo per me. Parla piano, disse: già non abbiamo più amici, con tutte le tue sparate. Ti rendi conto, disse mia moglie, che nessuno vuole più frequentarci? Guarda che è stata colpa tua, disse mia moglie. Prima avevamo tanti amici, ci volevano bene. Ora non frequentiamo più nessuno, disse. Aveva ragione lei. Ma a me dell'ecologia non me ne importava nulla. Perché, dissi a mia moglie, ho quarantotto anni e tu pochi di meno. Non abbiamo figli. Cosa vuoi che me ne freghi, cosa vuoi che te ne freghi, dello scioglimento dei ghiacciai? E dell'effetto serra? Cosa vuoi che ce ne freghi a noi, francamente, tesoro, di tutte queste cose? Qual è il problema? L'effetto serra fa aumentare le temperature? Ma a te non piace il caldo? Non ti lamenti sempre quando finisce l'estate? Ecco, anche a me piace il caldo. Perché dovremmo preoccuparci per le generazioni future? Chi sono le generazioni future? Le conosci tu? Io non le conosco, e per quanto ne so, nulla dura per sempre. Ma la smettiamo con tutta questa mitomania? Sono forse il presidente degli Stati Uniti che twitto una sciocchezza sul global warming e incrino i rapporti con la Cina? Ma andiamo! E comunque stavamo girando da un'ora, di stand in stand, e non c'era una cosa, una cosa sola dico, di cui riuscisse a fregarmene qualcosa. Non me ne fregava nulla della raccolta differenziata, né delle fonti di energia rinnovabili: nulla. Dovevo tenerlo per me? Sì, disse mia moglie, tienitelo per te. D'accordo, dissi a mia moglie, lo tengo per me, non ne farò parola con nessuno, sta' tranquilla. Continueremo a venire al mercatino equo e solidale a salutare i pochi conoscenti che ci restano. Farò grandi sorrisi a tutti, mi complimenterò per le zucchine, per i pomodori a chilometro zero, farò come vuoi tu. Non dirò più a nessuno quello che penso, ovvero che se questa è la vera sinistra, a me della vera sinistra non me ne frega più nulla. Se la vera sinistra erano queste matte con i figli di otto anni attaccati ai capezzoli, se la vera sinistra erano questi finti barboni che coltivano l'orto sul balcone, se la vera sinistra era questa pappetta di seitan, se la vera sinistra aveva il sapore insaporo del tofu, se la vera sinistra era questo sogno di andare in giro scalzi coi piedi sudici, a me della vera sinistra non me ne fregava più nulla e anzi, dissi a mia moglie, sai che c'è? C'è che sono felice di averla fatta finita con la vera sinistra. Come una grande liberazione, l'ultima. Liberarsi da ogni chiacchiera ambiziosa, da ogni ambiziosa visione del mondo. Liberarsi anche dall'aspirazione a un mondo migliore, perché il tempo che ci resta, le dissi, basta a malapena per vivere un po' di questo mondo qui, di questo mondo che c'è, che abbiamo ancora io e te. Liberarsi dalla presunzione di far parte di quelli che sanno cosa è meglio. Io non lo so cosa è meglio. Non siamo come questi che sanno tutto; guardali, le dissi, sanno tutto loro, hanno un'idea su tutto: sempre la stessa.

2
Il quarto oscuro

Non è facile capire che fine sto facendo, eppure, a pensarci oggi, riconosco che non mi sono mancati segnali premonitori e indizi su cui indagare. Forse, per evitare questa fine, sarebbe bastato dar loro il peso che meritavano quando ancora c'era tempo per cambiare, ma del senno di poi sono piene non ricordo cosa. Ho dimenticato il proverbio. Sto dimenticando tutto. In pratica però vuol dire che le cose le capisci dopo, quando è troppo tardi. Da giovane me ne sarei fatto una colpa, perché, come tutti i giovani, avrei pensato di avere la vita nelle mie mani e di poter decidere della mia sorte. Avrei creduto di poter controllare tutto. Adesso penso invece che c'è qualcosa, e non importa come lo chiami, che sia il destino o il dna, che è già scritto. Ci limitiamo a leggerlo. Io lo sto facendo a voce alta.

Perché ogni famiglia, ho scoperto, ha un quarto di sangue oscuro. Scorre attraverso i rami dell'albero genealogico, si tramanda di generazione in generazione, colpisce o risparmia a seconda delle più fortuite circostanze, senza che in realtà nessuno possa farci nulla, se non sperare per il meglio. Chi pure abbia trovato pace e serenità, e viva una vita felice, deve sapere che il quarto di sangue oscuro gli scorre nelle vene. Basta allora poco. Basta che muti una virgola nel testo dell'esistenza più piana, perché il quarto di sangue oscuro torni a reclamare il suo diritto ereditario sulla sorte. E questa cosa che tutti sanno senza ammettere, del resto, ognuno la esorcizza come può. Io, ad esempio, ho un libro speciale, che tengo sempre aperto sulla scrivania. Lo sfoglio nei momenti di massimo sconforto, quando devo ritrovare un senso di concretezza in quello che mi pare un generale tracollo del mondo, ma che potrebbe essere in realtà soltanto il mio quarto di sangue oscuro che vuole mandarmi ai matti, e farmi fare la fine del Cugino S. o del Cugino L.

Il mio libro della salvezza non è un testo devozionale né, tantomeno, un saggio filosofico. Si intitola *Hardware and General Goods for the Autumn 1938*, pubblicato dall'azienda Nettlefold & Sons Ltd., con sede al 163 di Euston Road, NW1, Londra. Come si può comprendere dal titolo, che, come per ogni libro serio, dice già tutto di quel che vi si potrà trovare all'interno, si tratta di un catalogo di ferramenta in uso a qualche ignoto commesso viaggiatore che presumo morto e sepolto da tempo, rimasto probabilmente dentro qualche mobile inglese importato in Italia (il catalogo, non il commesso) e da me ritrovato, or sono dieci anni, nello sgabuzzino polveroso di un robivecchi, fra la paccottiglia di poco interesse venduta un tanto al chilo. Lo apro a caso, guardo qualcuna di quelle meravigliose illustrazioni, e subito mi acquieto.

Che poi in quell'autunno del 1938, alla Camera, i deputati fascisti intonassero cori sinistri scandendo le parole «Corsica, Tunisi, Gibuti», a significare un improvviso quanto inarrestabile senso di oppressione territoriale, di mancanza di spazio vitale che rianimava le velleità imperiali del Paese e spingeva alla guerra, non è importante ricordare qui. Importa, al contrario, proprio il fatto che l'hardware di cui inconsciamente volevano continuare a occuparsi Neville Chamberlain e tutto il Regno Unito in quell'autunno del 1938 non fosse ancora costituito da bombardieri e carrarmati, quanto piuttosto da queste preziose forbici da giardino, dagli erpici e dai rastrelli di questo catalogo meraviglioso.

Che credessero insomma possibile coltivare ancora giardini all'inglese, che bastassero questi lucchetti Yale, disponibili in varie cromature, a tenere fuori di casa il male del mondo.

Di cose analoghe, invece che della ricostruzione dell'Impero, avrebbero voluto del resto continuare a occuparsi anche Dino Lenzi e la signorina Anna Cappelli, che si erano conosciuti l'estate di quello stesso anno alla festa parrocchiale di Montaione e che l'anno dopo sarebbero convolati a nozze, nonostante la dote di lei consistesse in un paio di lenzuola soltanto e il podere di provenienza fosse quello sperso nei boschi di San Vivaldo. Come dire il gradino più basso della miseria mezzadrile dei latifondi toscani a chilometro zero. Anche perché il podere dei Lenzi in Campinucci era di ben altro rango.

Virgilio, il padre di Dino, vi regnava con mansioni di sensale di bestiame, motivo per cui la famiglia poteva concedersi lussi che per i Cappelli erano inimmaginabili: carne due volte la settimana, visite dal dentista se doleva un dente, due paia di scarpe per ciascun membro della famiglia e via così, a comporre il sogno di un bengodi di cui presto avrebbe fatto parte anche Anna. Virgilio aveva allora riflettuto sui pochi vantaggi di quel matrimonio, e se fosse davvero il caso di prendersi in casa la poverella, ma la sana e robusta costituzione di Anna da una parte e la postura dimessa del futuro consuocero, quel Cappelli con il cappello in mano alla porta, lo convinsero ad accondiscendere ai desideri del figlio.

Oggi, quel che resta di Virgilio Lenzi, mio bisnonno, è una laconica cartolina spedita da Castelfiorentino nel dicembre del 1952 e indirizzata alla famiglia del figlio Dino:

"Tanti auguri. Noi stiamo bene e lo stesso speriamo di voi".

Il quarto oscuro di sangue del mio ramo paterno, evidente in questo resoconto protocollare dell'esistenza e del desiderio ("noi stiamo bene e lo stesso speriamo di voi") ha a che fare con una malinconia silenziosa di cui nessuno saprebbe di fatto rendere ragione. Iscritta nel nostro codice genetico, può trovare di volta in volta giustificazioni di comodo nei vari inconvenienti che costellano la nostra vita, ma è in verità una predisposizione atavica che non vede l'ora di manifestarsi. Un fastidio antico che proviamo per noi stessi e per il mondo e che non può essere dissimulato più di tanto. Rovistando in rete, alla ricerca dell'origine del cognome, si trova del resto un documento risalente al 1399, conservato a Pisa, dove si legge: "Dimi se mai sentisti nuove de' Lenzi, chi e dov'egli è, che mai vidi più tristo huomo, che mai non ne sento…". La storia della famiglia pare cominciare quindi con la sparizione di un "tristo huomo", dove *tristo* lascia immaginare un uomo dall'animo torvo e incline al disprezzo, forse persino malvagio. Qualcuno insomma in cui il quarto oscuro aveva preso il sopravvento fino al punto di renderlo "il più tristo huomo" mai visto. Pace all'animaccia sua.

Comunque, sebbene io non sappia niente di erpici e rastrelli, di vanghe e di utensili in genere, il catalogo *Hardware and General Goods for the Autumn 1938* resta da anni aperto sulla mia scrivania, come affidabile breviario per tutte le volte in cui l'inconsistenza delle presenti cose e degli accadimenti di cui prendo nota rischierebbe di farmi perdere il filo di un'esistenza ordinata per lasciare che il quarto oscuro del mio sangue mi riempia il cuore, facendo di me quel che ha fatto, ad esempio, del Cugino S. o del Cugino L.

Il Cugino L. aveva ereditato il bar dei Lenzi a Montaione e ne aveva continuato la lunga tradizione.

Con il nome classicissimo di "Bar Sport" era quello il luogo dove ritrovarsi la sera per comprare il cremino, in estate, o farsi una partita a biliardo e bersi un corretto l'inverno. Nessuno però che vi andasse per trovare un confessore laico, che è funzione associata ai baristi nell'immaginario metropolitano, ma spesso lontana dalla pratica dei nostri paesi, e sicuramente inimmaginabile al Bar Sport di Montaione, dal momento che il Cugino L. avrà detto sì e no tre parole in vita sua. Le tre parole che ha detto, quali che siano, devono essere state pronunciate dal Cugino L. al solo scopo di fugare la diceria che fosse muto. «Non sono muto, è che non ho niente da dire»: questa frase mai pronunciata dal Cugino L. è in realtà il riassunto esaustivo della sua vita silenziosa e metodica. In piedi dalle sei del mattino fino alla mezzanotte, dietro il bancone del bar, a servire clienti con i quali non ha mai scambiato una battuta in vita sua. Tanto che io stesso ricordo di essere andato a Montaione ad accompagnare mia nonna, un giorno di tanti anni fa, e di essere entrato nel bar per salutarlo.

«Ciao L... lo sai chi sono io?»

Il Cugino L. ha fatto cenno di sì con la testa. Silenzio.

«Sono il figliolo di Carlo.»

Di nuovo un cenno di sì con la testa. Silenzio.

«Bene L., mi ha fatto piacere vederti, saluta tutti, mi raccomando.»

Doppio cenno di sì con la testa. Silenzio.

Il Cugino L., che mi aveva riconosciuto perfettamente,

nonostante fossero più di dieci anni che non ci vedevamo, non aveva dunque il problema di sapere chi fossi. Il problema era che, chiunque fossi, il Cugino L. non aveva niente da dirmi, né del resto era minimamente interessato a sapere da me alcunché.

Se è verosimile immaginare che il Cugino L. abbia detto almeno «sì» all'altare, il giorno in cui sposò Teresa, non mi stupirei che il prete si sia accontentato, anche in quell'occasione, del consueto cenno con la testa. Si può anche pensare che il Cugino L. abbia sposato Teresa, una donna dalla parlantina sciolta, proprio per avere qualcuno che parlasse vicariamente per lui e che, persino all'altare, dopo un minuto di imbarazzo, Teresa abbia detto: «Sì, lo vuole, lo vuole, non facciamola tanto lunga».

Il Cugino L., per quanto sopraffatto dal quarto oscuro del sangue della nostra famiglia, è riuscito a vivere una vita decente grazie alle diciotto ore di lavoro che si è imposto ogni giorno per cinquant'anni, con la parentesi forzata delle ferie estive. Due settimane ad agosto ogni anno, durante le quali il Cugino L. non è mai andato al mare o in giro con la famiglia, ma è rimasto sdraiato a letto notte e giorno, alzandosi solo per pisciare e mangiare qualcosa. Senza farsi la barba o lavarsi, muto come sempre e con le finestre socchiuse, in modo che la stanza restasse in penombra e lui stesso fosse niente altro che due occhi fissi contro il nulla del soffitto.

Quando mi giunse notizia della sua scomparsa, agli inizi di questo nuovo millennio, cercai di onorarne il ricordo in un modo che gli fosse consono e gradito.

«Sai che è morto L., il cugino di babbo...» mi informò mia madre.

Feci cenno di sì con la testa. Silenzio.

«Ma hai capito chi?» insisté mia madre.

Feci un altro cenno con la testa, a significarle che il problema non era ricordarsi di L., perché sapevo chi era e me lo ricordavo perfettamente, il problema era che di L., che non aveva mai detto assolutamente niente in vita sua, non c'era assolutamente niente da dire. La qual cosa, riconosco oggi, mi pare la realizzazione di un progetto di vita faticoso, titanico quasi, e per questo ammirevole sopra ogni altro: che il giorno della tua dipartita nessuno riesca a trovare due parole per ricordarti. Da questo punto di vista, il Cugino L., essendosi sempre rifiutato di vivere, si era forse sottratto alla morte, che, alla fine, è sempre e soltanto una questione di parole: di aggettivi, di verbi declinati improvvisamente al passato, di frasi riportate e di aneddoti. Ma questa non è neanche la storia del Cugino L. perché non c'è storia che lo riguardi: egli è dunque salvo per sempre.

Di ben altro tenore sono invece le manifestazioni che il quarto di sangue oscuro ha prodotto nel Cugino S.

Diplomatosi ragioniere alla fine degli anni Sessanta, invece di occuparsi dei commerci del mondo, il Cugino S. divenne assiduo frequentatore dei focolarini di Loppiano, presso i quali faceva lunghi ritiri spirituali da cui tornava come trasfigurato, rinato, illuminato negli occhi di una luce nuova. In quegli anni la sua cameretta montaionese si distingueva per la quantità di immaginette votive, santini, rosari, altarini, madonnine, santissimi volti, sacrissimi cuori di cui era adornata. Essendo la madre del Cugino S. devotissima alla Madonna e avendo il padre, Duilio Lenzi, il fratello di Dino, aderito alla Democrazia Cristiana (a testimonianza di come il vago socialismo umanitario di Virgilio potesse figliare allo stesso tempo comunisti e democristiani, senza che né i primi né i secondi sentissero minimamente la proprie scelta come un dirazzamento), la devozione del Cugino S. fece sperare a quel ramo dei Lenzi che, dopo generazioni di contadini quadrati e risparmiatori, stavolta potesse scapparci persino il santo.

Invece di richiamare il Cugino S. alla realtà, quindi, i suoi genitori, ma in ispecie la madre, assecondarono la stravagante fede del figlio, e accolsero la sua decisione di partire per Roma ed entrare in seminario (perché proprio a Roma? Perché non un seminario più vicino? Perché, comunque, non chiederselo?) come la prima, inevitabile tappa che dal secolo lo avrebbe innalzato prima agli altari e poi alla Gloria, nel novero dei Santi e dei Beati.

Del resto, se in questo nostro bellissimo Paese dove gli amici contano tutto, si dice che qualcuno fa carriera perché ha "santi in paradiso", ben si comprende quanto potesse risultare desiderabile rendere letterale la metafora e poter dire insomma di avercene uno in casa per davvero. Il fatto quindi che, prima di partire per Roma, il Cugino S. si imponesse lunghissimi digiuni, vestisse il cilicio, e pregasse ininterrottamente come se non ci fosse un domani, chiuso in una cameretta che pareva il santuario di Loreto concentrato in due metri per tre, non destò preoccupazione, ma anzi parve parte di quel faticoso percorso al termine del quale, un domani, i Lenzi di Montaione avrebbero potuto annoverare fra i discendenti un Vescovo, forse addirittura un Papa, comunque un pezzo grosso della Chiesa, qualcuno davanti al quale non c'era farmacista né maresciallo dei carabinieri che valesse la metà: giù il cappello, tutti.

Dopo due anni di seminario però, d'improvviso il Cugino S. lasciò la stanza del convitto dove alloggiava per non rimettervi più piede. Sparì per alcuni giorni, durante i quali nessuno ha mai saputo dove sia stato o cosa abbia fatto, quindi tornò a Montaione dove si chiuse nella sua cameretta santuario.

Dopo una settimana di reclusione in cui rifiutava il cibo e ogni conforto, infine il Cugino S. uscì per comprarsi alcune riviste, fra cui «Le Ore», «Caballero», «Supersex» e varie altre pubblicazioni allora in voga, con le quali si richiuse poi in meditazione per tutto il giorno.

Così fece il giorno successivo, e i giorni seguenti, fino a che non ebbe più una lira in tasca e nella cameretta sconsacrata non si affastellarono pile di orge variamente congegnate, riviste oscene intervallate di tanto in tanto da un «Bollettino dei Padri Passionisti» o da una pubblicazione dei Missionari Saveriani. Queste intense settimane di esercizi carnali, eseguiti con metodica devozione, nel chiuso della cameretta mentre la madre piangeva in cucina, sfociarono poi in una urgente e minacciosa richiesta di danari che gli sarebbero serviti, così disse, per una cosa importantissima. Ottenuti i danari, la cosa importantissima arrivò quindi per posta una quindicina di giorni dopo, in confezione anonima. Il Cugino S. gonfiò allora la cosa importantissima con quanto fiato aveva nei polmoni e, quando finalmente ebbe la forma di femmina, ancorché di lattice, giacque con lei ripetutamente. Da allora il Cugino S. cambiò dieta radicalmente e prese a fumare. Adesso pretendeva di bere dodici uova ogni mattino e, dopo questa colazione da campioni, cominciava a fumare con metodo, una sigaretta via l'altra, tre pacchetti di Marlboro, finiti i quali, allora, si acquietava, e si metteva a dormire fino al mattino dopo.

Per quanto la madre pensasse sulle prime che sarebbe bastato parlare col parroco per riportare S. non certo sulla via della santità, ma almeno su quella della decenza quotidiana, presto dovette convincersi che occorrevano i conforti della psichiatria. Il primo TSO ridusse il Cugino S. in uno stato semivegetativo e, nel giro di un anno, gli valse una pensione di invalidità mentale che, riscossa il dieci di ogni mese, era già spesa del tutto il quindici, in pornografia, sigarette, uova e chincaglierie.

In quegli anni sedati il Cugino S. venne a farci visita un paio di volte in città. Ricordo che aveva per me una certa umana simpatia, del resto ricambiata. Forse scorgendo una qualche affinità di sentire, il Cugino S. volle omaggiarmi una volta di un dono enigmatico, che mi portò involto in un pacchetto: «L'ho comprato apposta per te» disse.

«Grazie mille cugino... e cos'è?» Lo chiamavo cugino, sebbene in realtà lo fosse in primo grado di mio padre.

«Apri, apri... vedrai...» mi rispose, sfoderando un sorriso di assoluta letizia.

Dentro il pacchetto trovai una confezione di minestra liofilizzata Knorr. Gusto asparagi.

«Hai visto?» mi disse. «Te l'ho portata perché è bona... bona davvero guarda... ero al supermercato e mi sono detto: "La porto a Simone questa bella minestra", ho fatto bene?»

«Hai fatto benissimo cugino, grazie! Stasera me la mangio subito, guarda, sono proprio contento di questa bella minestra, davvero un pensiero gentile.»

La seconda volta invece mi disse che gli faceva tanto piacere vedermi, ma aveva poco tempo da dedicarmi perché stava partendo.

«Mi devo sposare» disse.

Appresi così che il Cugino S. stava per convolare a nozze con Carolina di Monaco. Si sarebbe trattato però di una cerimonia molto semplice, privata, perché i montaionesi sono notoriamente invidiosi e di sicuro poi avrebbero trovato il modo di fargliela pagare. Felicitandomi con lui per la bella notizia volli partecipargli la mia comprensione per la fretta con cui sbrigava il nostro incontro. Egli trovò tuttavia il tempo di spiegarmi il motivo della sua decisione di sposare Carolina di Monaco: «Bah, 'un ti pare una bella figliola Carolina? Per me gl'è proprio bona bona».

«Accidenti, certo... una bellissima donna senza dubbio, cugino» risposi.

«E poi giù, nella Repubblica 'un ci si 'apisce nulla, vien via. Una volta ce n'è uno, poi ce n'è un altro... almeno lì tu ciai il Re! Bah, è meglio il Re, no?»

«Certo, è meglio sì il Re.»

«Allora ho fatto bene, via.»

«Hai fatto benissimo... poi appena posso magari ti vengo a trovare nel Principato.»

«Quando tu vòi! Sempre il benvenuto!»

Se sia stato dunque il quarto di sangue oscuro della famiglia di mio padre a farmi fare la fine che faccio non lo so, ma certo deve aver pesato anche quello, come del resto ha pesato anche sulla vita di Carlo, mio padre. Che comunque, quando andò in pensione, non aveva ancora la paura del vuoto che alla fine avrebbe sentito anche lui.

Quarant'anni come bidello di una scuola media e come magazziniere di un istituto tecnico di seconda scelta restavano circoscritti per lui in una larga e quieta parentesi di relativa tranquillità che poteva essere chiusa senza rimpianto.

Erano stati semmai il sindacato e la politica a costituire una passione più intima, cui si era esposto però secondo una natura schiva e insicura che gli aveva impedito qualunque affermazione personale.

Così, quando gli era stato proposto, aveva rifiutato il distaccamento ai sensi della Legge 300/70 art. 31, e invece di trasferirsi all'Impruneta, al Regionale, aveva continuato a frequentare il Sindacato in città, dopo l'orario di lavoro, portandomi talvolta con lui, il pomeriggio verso le cinque. E mentre lui parlava con i compagni, io giocavo con il ciclostile, sotto lo sguardo attento di una professoressa di inglese, che mi aveva spiegato come funzionava.

Il Sindacato era un corridoio con molte porte a vetri. Accanto a ciascuna, la targhetta di categoria. I trasportatori, i tipografici, i metalmeccanici, e poi, in fondo a destra, la Scuola, per quanto fosse quella la definizione unitaria di un mondo diviso al suo interno fra "personale non docente" e professori.

Nei discorsi di Carlo era chiara l'idea di come si dovesse costituire una specie di sindacato nel sindacato, per difendere gli interessi dei non docenti che rischiavano di passare sempre in secondo piano rispetto a quelli degli insegnanti. C'era dunque una controparte principale, costituita dal Provveditore agli Studi, e una controparte secondaria, costituita da quell'élite culturale. Pure, quella linea immaginaria che separava i due mondi, era tracciata come con l'inchiostro simpatico, e veniva alla luce discontinuamente, a partire da quella stessa stanza posta a presidio degli interessi unitari di categoria.

Così appariva anche in quelle cene a casa della Segretaria Provinciale (lei invece sì, distaccata ai sensi dell'articolo 31 della 300/70) a cui era invitato anche Carlo, con la moglie Nadia. Oppure al cinema, dove andavano a vedere pellicole come *La stanza del vescovo*, che però Carlo e Nadia non apprezzavano. Come del resto non apprezzavano certi vestitini della Segretaria Provinciale che giudicavano un po' troppo minimali. O forse Carlo li giudicava così quando era con Nadia, mentre è possibile che li giudicasse diversamente quando Nadia non c'era.

Comunque fosse, era chiaro che l'appartamento della Segretaria e di suo marito fosse al di là di quella linea immaginaria che separava anche quei condomìni di agio borghese dalla casa di Carlo e della sua famiglia. Ecco quindi che, a casa della Segretaria Provinciale, sul tavolo di sala si spandeva un'aura dall'Arco dei fratelli Castiglioni, mentre sulla scrivania ai piedi della grande libreria bianca, il cono di luce della Tolomeo di Artemide illuminava una copia di *Horcynus Orca* di D'Arrigo, aperta a metà. Un ambiente il cui gusto si era modellato sui servizi di «AD» dedicati a sale consimili, seppure ancora più grandi e meno provinciali, tutte in qualche modo afferenti a Roma, via delle Botteghe Oscure. Mentre una testa di Minerva posta su un tavolo da fumo al lato del divano Strips occhieggiava severamente gli ospiti, all'angolo opposto della sala era stato ricavato, su un piano a sbalzo, un angolo rivestito di cuscini che la Segretaria Provinciale e il marito avevano ideato in ossequio a una delle tante novità di quegli anni: il relax.

Era in questi dettagli che la linea immaginaria che divideva la categoria apparentemente unitaria del Sindacato della Scuola diveniva un confine reale: mentre al di là si progettava un angolo relax, al di qua il criterio elettivo di un'abitazione per Nadia e Carlo era rimasto l'ampio sgabuzzino, tanto comodo per riporci le scope, i detersivi e tutti gli ingombri di casa che uno non sa mai dove metterli.

Poi erano passati gli anni in cui erano tutti "sempre più incazzati coi Decreti Delegati" e Carlo aveva chiuso con l'attività sindacale. E anche allora non aveva avuto paura del vuoto, anche perché aveva cominciato a dedicare il suo tempo libero al Partito, quando ancora bastava dire "Partito" per intendere quello comunista, e al quale del resto aderiva da sempre, così come pareva che tutti in quegli anni vi aderissero in qualche misura, chi più chi meno, per quanto risultasse chiaro, a ogni elezione, che i comunisti non fossero la maggioranza di un Paese che allora si pensava comunque potesse diventare un altro Paese.

Ma anche al Partito, Carlo si era dato da fare da stimato comprimario: a lui spettava organizzare la distribuzione dell'«Unità», la domenica mattina, e lo stand alla Festa omonima di luglio. Per la Festa, anzi, era stato Carlo a inventarsi "La Spaghetteria", un ristorante che serviva solo primi piatti e che aveva riscosso un discreto successo, riconosciuto del resto anche dai compagni della Federazione.

Qualcuno aveva fatto persino notare che la piccola Sezione Di Vittorio, al netto delle spese, contribuiva in proporzione alle casse del Partito assai più della Sezione Porto con il suo faraonico ristorante specialità pesce (ma anche belle bistecche con patatine fritte). Per il resto, Carlo si era sempre rifiutato di fare il Segretario di Sezione e solo una volta («hanno insistito...» aveva spiegato a Nadia) era stato eletto come consigliere circoscrizionale. Poi, nel '91, aveva aderito alla mozione del Segretario Nazionale ed era confluito con la gran parte degli iscritti nel partito nuovo.

Aveva chiuso con il comunismo, qualunque cosa significasse, dal momento che era già una cosa piuttosto diversa a seconda di chi eri e tutto dipendeva sempre dallo stare di qua o di là da quella linea immaginaria oltre la quale si concepivano bisogni nuovi come il relax. Ma anche in quel caso, Carlo non aveva avuto paura del vuoto. Dopo che il nuovo partito aveva cambiato nome altre volte, spostandosi sempre di più verso il centro, Carlo stesso si era trovato al centro di una vita in cui ormai il sole dell'avvenire era tramontato per lasciar spazio a una tenue luce crepuscolare fatta di buoni sconto alla Coop e file alle poste per pagare sempre con netto anticipo le mille scadenze amministrative.

Ma il vuoto alla fine era arrivato davvero, dal giorno stesso in cui era andata in pensione anche Nadia. Un vuoto che si manifestava tanto più enorme quanto più contrastava con l'impegnativa pienezza della vita di Nadia, che già dal giorno dopo si era messa a spostare mobili in casa, a piantare fiori nei vasi, a ridipingere pareti, a lamentarsi che era ora di rifare la cucina. Allora quella vita, che a Carlo era parsa sufficiente, era uscita come sminuita dalle richieste di Nadia, che ora gli stava col fiato sul collo e non capiva perché non si alzasse prima delle nove e cosa ci tornasse a fare sul letto dopo pranzo, neanche dovesse riposarsi da chissà quale fatica. Così Carlo aveva finalmente misurato il vuoto e ne aveva saggiato la mancanza d'aria, facendo nascere in lui una rabbia senza oggetto che gli stringeva lo stomaco e lo rendeva scostante.

Nessuna vertenza, nessuno sciopero, nessun distacco sindacale dall'esistenza sarebbe bastato ad arginare la piena vitale di Nadia, e allora anche tutte le lotte condotte in quegli anni gli erano parse ridicole a partire dal termine stesso con cui le avevano chiamate. "Le lotte sindacali", nella scuola: ma lotta di che? si chiedeva ora. Lotta per cosa, e soprattutto contro chi? In tutti quegli anni avevano forse strappato qualche migliaio di lire su uno stipendio che restava poca cosa, a fronte del resto di un lavoro non certo usurante, purché uno si appassioni alle parole crociate e non disprezzi di passare la scopa o cancellare le lavagne. Avevano rintuzzato la spocchia fascistoide di qualche preside. Difeso qualche collega vessato, e anche qualche altro che, a pensarci bene, era del tutto indifendibile. Le lotte. E anche il partito, appunto.

Cos'era stato il comunismo? A chi era servito davvero? A lui no, non gli era servito granché. Alla Segretaria Provinciale invece il Sindacato e il Partito erano serviti di più, se dal distacco sindacale era passata alle Pari Opportunità e poi al Centro Donna e infine al nuovo bisogno degli anni Novanta: la Formazione. I Fondi Europei per la Formazione. E di lì tutto quel sensibilizzare su questo e quello e quel formare giovani disoccupati che sarebbero rimasti tali. Tutta quella rendicontazione del nulla.

Così mentre Carlo non si era mai distaccato dalla realtà ai sensi dell'articolo 31 della 300/70, chi era al di là della linea se ne era ormai distaccato del tutto, tanto che a Carlo sarebbe parso impossibile ormai partecipare a una cena come quelle a cui portava Nadia trent'anni prima: cosa avrebbero avuto da dirsi? Di cosa avrebbero mai potuto parlare? Quale "lotta" avrebbe potuto arginare il suo problema più autentico, che non erano più i Decreti Delegati, la Scala Mobile, il Contratto della Scuola, ma la piena vitale di Nadia che andava a infrangersi contro le sue quattro parole messe in croce, contro il suo uno orizzontale sdraiato sul letto dopo pranzo, e quel giro di supermercati, meccanici di fiducia, bar dove ti serviva il caffè una barista con la quinta, così, giusto per rifarsi gli occhi e pensare ai mondi possibili che possibili non erano mai stati davvero? Perché a settant'anni il vuoto ormai si era fatto largo, silenziosamente, portandosi via una cosa dopo l'altra, finché non era rimasto da solo contro quei «Carlo, vieni a vedere...», dove dietro quel vedere c'era sempre un progetto complesso di reazioni a catena: sposti un vaso, cambi il sottovaso, cambi il sottovaso non va più bene il trespolo, cambi il trespolo ci sta bene un'altra pianta, cambi la pianta è finito il concime, compri il concime… e così sarebbe stato per sempre, non fosse stato che non tutto il male vien per nuocere e allora, se da un lato pareva triste pensare che, a oggi, i suoi figli non gli avessero ancora regalato nipoti, e che tutto quel lento alzare la testa di generazione in generazione, di lotta in lotta, tutto quel «compagni dai campi e dalle officine», sarebbe finito con loro, dall'altro il cane compensativo del mio matrimonio rappresentava per lui, d'improvviso, un'opportunità inattesa.

«Sì, va bene» diceva le prime volte che gli chiedevo di lasciarglielo per qualche ora. E poi era stato lui a telefonarmi: «Ma hai bisogno che ti tenga il cane?». E alla fine ero io che dovevo chiamarlo per farmelo restituire. Carlo e Gus erano diventati un'unità simbiotica, perfettamente sincrona.

Così, ad esempio, Carlo andava a letto il pomeriggio alle due e Gus si stendeva ai suoi piedi. Dieci minuti prima che si alzasse, verso le tre e mezza, Gus lo anticipava (perché i cani hanno un orologio interno che non sgarra il secondo) e si piazzava davanti alla cucina economica. Carlo lo raggiungeva per scaldarsi il caffè avanzato della mattina. Ma prima di portarsi la tazzina alla bocca, Gus era già sgusciato nello sgabuzzino, e lì lo aspettava per farsi mettere il guinzaglio. Alle quattro sarebbero finalmente andati insieme «a lavoro», come diceva ironicamente Carlo a Nadia.

Il lavoro di Carlo e Gus consisteva nel piazzarsi all'estremità dello sgambatoio per cani nel parchetto delle Viole, lungo la tangenziale. E di lì adocchiare i camion che passavano. «Vai Gus, camion!» e Gus correva a perdifiato lungo tutto lo sgambatoio, abbaiando finché il camion non scompariva dietro la curva, e poi tornava a guardare Carlo scodinzolando: «Dài, fanne venire un altro». Gus credeva all'onnipotenza di Carlo. Credeva che fosse nel suo potere far passare i camion dalla tangenziale. E Carlo lo accontentava: «Vai Gus, camion!». E così per venti, trenta, quaranta volte. Anche se, corsa dopo corsa, le attese di Gus si facevano sempre più specifiche.

Se per i primi scatti bastava anche un camper o un camioncino, dopo un po' Gus non accettava niente di meno di un rimorchio, per poi finire col muoversi soltanto per il grande tir, possibilmente bianco. Il Moby Dick dell'autotrasporto. Il Leviatano da mettere in fuga per liberare il Parco delle Viole dall'oltraggio dell'invasione territoriale.

Durante quel lavoro in cui Gus prodigava se stesso fino all'ultima caloria da bruciare, non c'era niente che potesse distrarlo. Nessun odore, nessuna cagnetta, né pallina, né piccione, né farfalla. Nulla. Ogni singolo muscolo, ogni tensione dello sguardo rivolto unicamente a quel lavoro, che era per Gus, e quindi anche per Carlo, l'unico vero lavoro necessario e mai più rimandabile.

L'unica vera lotta per il bene del mondo era quella per mettere in fuga i camion che sarebbero fuggiti via comunque. E Carlo si chiedeva se in fondo non avesse ragione Gus, e quindi anche lui che lo assecondava. Se non fosse cioè più onesto dedicarsi con devozione assoluta a un lavoro insensato invece che spostare continuamente mobili e riverniciare stanze e cambiare fiori nei vasi illudendosi che quel continuo rimestare e traslocare delle stesse cose nella stessa casa bastasse a riempire il vuoto. Finché, a riprova della bontà di quella intuizione, non vedeva Gus stramazzare al suolo con la bava alla bocca, in una resa che somigliava a qualcosa che Gus stesso avrebbe definito "felicità", se non fosse che, essendo un cane, a Gus non gliene fregava nulla di definire alcunché. Era anzi possibile che Gus pensasse alla sua generosa macchina muscolare in terza persona, dove quella terza persona era un insieme indistinto di Gus e Non Gus o Carlo e Non Carlo, contrapposto comunque al vago pericolo dei camion. Gus stanco felice Carlo amore, pensava Gus.

Ora però, per capire davvero qualcosa di Carlo, occorre osservare attentamente questa foto:

Penso che dica molto di lui, di Carlo. Sia per com'era a cinque anni, quando la foto fu scattata, sia per com'è adesso che ne ha settantaquattro. Scattata in un un'epoca in cui la tecnica imponeva ai bambini esposizioni immobili davanti all'obiettivo, era forse ancora possibile che, per accidente, restasse impresso nella pellicola qualcosa che andava oltre le intenzioni del fotografo e del soggetto fotografato, e che per brevità potremmo addirittura chiamare anima.

Comunque lo si voglia chiamare, questo qualcosa non è tanto da ricercarsi nel musetto di Carlo, che pure la dice lunga sull'innata timidezza, sulla paura dei bombardamenti e forse persino dei suoi stessi genitori, che deve vedere come due giovani e potenti divinità animate da un egoismo vitale che finisce sempre per relegarlo in disparte. Il qualcosa di Carlo, e il punto focale della fotografia, è piuttosto la torsione delle mani, colte in quella posizione innaturale. Come se Carlo, non avendo il coraggio di esprimere una smorfia di dolore davanti all'obiettivo, affidasse alle mani il compito di tradire il suo sentimento più profondo per il mondo che lo circonda, che è appunto un misto di paura, ribrezzo e di voglia inconfessabile di scappare lontano, non importa dove, ma comunque lontano da lì.

Così, per tutta la vita, Carlo sarà affetto da un tic discreto, noto solo ai suoi familiari, ma puntualmente sottolineato da Nadia, che di Carlo conosce assolutamente tutto, ogni riposta piega dell'anima, sia per quanto sono andati dicendosi nei cinquant'anni che hanno passato insieme, sia per quanto non si sono detti ma hanno comunque intuito, l'uno dell'altro. Il tic di Carlo, per tutta la vita, sarà quello di stringere la mano destra in un pugno, brevemente, prima di fare una qualunque cosa che richieda il pur minimo sforzo di ideazione. Così ad esempio, se Nadia dice: «Carlo, prendi un po' il vino», Carlo prima apre il cassetto, poi stringe una mano in un pugno per un attimo impercettibile, significando: «Dunque che fare? Ah sì, certo: prendiamo questo cazzo di insensato apribottiglie e apriamo una bottiglia di vino insensato da bere tutti insieme in questa ennesima insensata cena di famiglia». E il fatto che lo significhi però, non significa anche che lo pensi, ma questo non fa alcuna differenza, anche perché comunque, senza un lamento, Carlo prende l'apribottiglie, tira fuori una bottiglia dallo sgabuzzino, e fa quel che deve fare. Chi non lo conosce davvero bene poi, chi non ha osservato con cura questa foto, di tutto questo non si accorgerebbe mai.

Dopo che il fotografo ebbe scattato questa foto, comunque, arrivò l'estate, e Carlo venne allontanato da casa. Il motivo era quello della sua "ricostituzione": a detta del medico, per "ricostituire" Carlo, ci voleva l'aria di mare. A quei tempi del resto l'aria di mare faceva miracoli. Non si capisce a tutt'oggi perché Carlo non potesse respirare l'aria di mare a casa sua, a meno che il dottore non intendesse specificatamente l'aria di mare adriatica, come se cioè il garbino ricostituisse più e meglio del libeccio tirrenico, della qual cosa sfugge tuttavia la motivazione scientifica, ma fatto sta che decisero di affidarlo, da giugno a settembre, agli zii che vivevano a Venezia.

Di tutti quei lunghi giorni a Carlo resta impressa nella memoria soprattutto l'immagine della corazzata Caio Duilio, che parte dall'Arsenale per un'ultima crociera nel Mediterraneo, prima di andare a dormire per sempre nella darsena di Spezia. Sul ponte tutti i marinai schierati in uniforme sventolano i fazzoletti. Carlo li sente cantare a perdifiato. «Vola colomba bianca vola», la canzone che ha vinto Sanremo e che parla proprio di loro: di chi parte e va via e per questo allora gli manca la famiglia o comunque qualcuno a cui vuol bene. Così stringono nel pugno i fazzoletti, un po' come Carlo, che invece stringe il pugno e sta lì a Venezia, lontano dai suoi, che comunque lo chiamano per telefono una volta a settimana. Stringe il pugno con dentro nulla, come quando si dice di qualcuno che è rimasto con un "pugno di mosche", anche se a Carlo non sono rimaste in pugno neanche quelle. I marinai cantano «dille che non sarai più sola e che mai più la lascerò» perché sperano che tutto questo un giorno finisca e possano tornarsene a casa loro. Anche Carlo lo spera, ma intanto stringe il pugno con nulla dentro e osserva tutto quel mondo nuovo che gli sta intorno. Suo zio, intanto. Amelio, come lo chiamano in famiglia, Capo Montagnani, come lo chiamano tutti quando passa per strada con la sua bella divisa della Marina sempre in perfetto ordine: «Capo Montagnani buongiorno!» dicono tutti, ma se sono marinai allora stanno zitti, si mettono sull'attenti e gli fanno il saluto militare. Se c'è una cosa che Carlo ha capito dello zio Amelio è che tiene molto alla pulizia delle scarpe. Le pulisce lui stesso la mattina prima di uscire di casa, ora la destra poi la sinistra, cavando una spazzola e un tubetto di lucido da un'apposita scatola che tiene a portata di mano, vicino al portaombrelli dell'ingresso. Se torna per pranzo, e quasi sempre torna per pranzo, dopo aver ascoltato un po' la radio, lo zio Amelio si guarda la punta delle scarpe trasognato, come uno che si accorge per la prima volta che esistono queste cose che si chiamano scarpe e toh, ma guarda, ce le ha proprio ai piedi: sarà meglio dargli una spazzolatina! E allora va nell'ingresso, prende la scatola e si mette a spazzolarsi le scarpe, facendo attenzione a non sporcare i calzini bianchi, mentre zia Rita scuote la testa. La disapprovazione della zia Rita è dovuta non tanto all'ennesima prova del fatto che l'ossessione per la pulizia delle scarpe sembra aver raggiunto il livello di guardia, lasciando presagire, quando sopraggiungessero le stravaganze della senilità, una vera e propria mania, quanto piuttosto al fatto che tutto quello spremere tubetti di lucido, uno via l'altro, rappresenti oramai una non trascurabile voce di bilancio familiare. Del resto, per la zia Rita, nessuna voce di bilancio familiare è trascurabile, dacché, come il fratello Dino (il padre di Carlo), ella ha il braccino piuttosto corto. Poco importa quindi che lo zio Amelio compri il lucido da scarpe allo spaccio della Marina per due lire: «Una lira oggi una lira domani...» dice la zia Rita. Ma dice anche «a levare e non mettere, anche un gran monte scema» e via così per massime tutte improntate all'idea che «una lira fra avercela, non avercela e averla da dare, fan tre lire». E quindi, insomma, «piano con quel tubetto...!» dice la zia Rita dalla cucina, e «oh, bah... bah!» sbotta lo zio Amelio, intendendo significarle che nel momento stesso in cui lui prende in mano la spazzola da scarpe ella deve aver ben chiaro che non ha più di fronte un suo borghese marito qualsisia, ma il Capo Montagnani della fu Regia Marina Militare, ora semplicemente Marina Militare, evabbene, ma comunque una cosa sacrosanta, per cui le scarpe d'ordinanza non saranno mai abbastanza lucide. Per tacere del fatto che se cominciasse lui a trasandare, con che faccia potrebbe mai mettere in riga i marinai scomposti all'adunata? Perché se nessuno lo ha mai considerato una carogna, stia tranquilla che non c'è chi vorrebbe farsi fare una lavata di testa da Capo Montagnani: i suoi pistolotti non sono di quelli che si dimenticano. Ma come fa a non capire? Come fa a non capire che, per di più, lui è un motorista e quindi, fuori dall'officina, la sua uniforme deve essere impeccabile, più impeccabile di quella degli ufficiali, a partire dalle scarpe? Quella non capisce la Marina, ecco cosa. Nessuno del resto capisce la Marina, a parte i marinai, ecco cosa. Qualcuno forse pensa che in Marina comandino gli Ammiragli. Illusi: sono i sottoufficiali come lui che comandano davvero in Marina, sono loro che la fanno galleggiare. E questa cosa la sanno perfettamente anche gli Ammiragli, e la sa lo Stato Maggiore, la sanno tutti in Marina: lei invece no. Sono sposati da dieci anni e ancora lei non l'ha capita, ma va bene. Lo sa lei che se lui smettesse di lucidarsi le scarpe, la Marina colerebbe a picco in un minuto? E che ne sa lei del catrame? Del grasso dei motori? Che ne sa del caldo atroce in sala macchine? Dei manometri, dei gasometri, delle valvole, delle pompe di sentina? Delle viscere complesse in cui scorrono la nafta, l'olio e l'acqua, per tubazioni aggrovigliate e inestricabili. Che ne sa lei delle ore passate sdraiati in un buio inferno a indovinare la perdita di un calo di pressione, o a domare un eccesso di potenza nella furia dei cavalli motore, a sfogare il vapore che per poco non rischiava di far esplodere i pistoni? «Bah un corno...» risponde comunque zia Rita. La quale sta pensando a quando Amelio tornerà a casa, quella stessa sera, e prima di andare a letto sistemerà le scarpe ben allineate nel corridoio, e già che c'è, via con un bel colpetto di spazzola, tanto per gradire, come se, pure in quell'intervallo in cui tutti dormono, il buio stesso della notte potesse depositare un'ombra di disdoro sulla perfetta lucentezza del cuoio. Accidenti a me e a quando mi son fatto sbarcare, pensa invece lo zio Amelio, che però non dice nulla e se ne torna al lavoro. A Carlo restano i marinai che sventolano i fazzoletti sul ponte della Caio Duilio e le scarpe lucenti dello zio.

E poi anche quell'unica vacanza si sarebbe conclusa e a quattordici anni si sarebbe impiegato garzone in un bar. E nel tempo libero avrebbe dato una mano ai suoi, in tabaccheria. E avrebbe conosciuto mia madre e si sarebbe fidanzato, e finalmente un prete, per le infinite vie del Signore che attraversano anche i concorsi pubblici, lo avrebbe sistemato in una scuola come bidello e si sarebbe comprato una Cinquecento a rate, e ci avrebbe portato in giro mia madre, nella pineta di Tombolo, e avrebbero fatto l'amore. E ci sarebbe stato attento, ché erano ancora fidanzati. Ma poi avrebbero avuto voglia di rifarlo, e ci sarebbe stato di nuovo attento, perché erano ancora solo fidanzati. Ma nonostante tutta quell'attenzione, qualcosa che poi sta facendo una fine, lì aveva avuto inizio, un grumo di cellule sulle prime, e poi sempre qualcosa di più, una cosa che cresceva dentro e infine veniva al mondo strillando, e poi si cagava e si pisciava addosso e faceva risatine, e andava in braccio a tutti, ma soprattutto dormiva, dormiva tanto, dormiva sempre, come se non trovasse nulla di meglio da fare che quello, e non volesse noie. E che poi gattonava e balbettava qualcosa, e diceva mamma, e stava sempre attaccato a una coperta turchese che stropicciava fra le dita mormorando una litania, come una sorta di preghiera o forse di esorcismo, che diceva «ajo ajo ajo ajo ajo ajo ajo», così, ininterrottamente per ore, tanto che si pensava fosse l'esito di una brutta caduta di testa dal seggiolone, per cui era stato ricoverato due giorni. E che infine cominciava a blaterare frasette di senso compiuto, fino a pronunciare la parola che a un certo punto dicono tutti e che per tutti segna il punto di non ritorno in un viaggio, più o meno lungo, verso la solitudine e l'infelicità: Io.

Io che mi sono seduto di fianco a mia madre nella sala d'aspetto dell'ospedale. Per ingannare l'attesa che si protrae da tre ore, leggo il giornale, da cima a fondo. Mi soffermo come sempre sull'oroscopo. Mi piace leggere l'oroscopo, e trovarlo vero, interpretando gli accadimenti della giornata in modo che soddisfino la previsione dell'astrologo. Non arrivo a comportarmi in modo da dargli ragione, ma in fondo mi piacerebbe. Perché mi piacciono gli "incontri inattesi", le "serate con gli amici", e quel "prendetevi più tempo per voi stessi". Il gioco fra me e l'astrologo è quello per cui lui, o lei che sia, sentenzia qualcosa di sufficientemente vago, e io, per parte mia, esercito tutta la carità interpretativa possibile per riconoscere una verità nelle sue parole. Questo gioco funziona molto spesso, anzi, funziona quasi sempre. Così, ogni giorno, leggo con attenzione l'oroscopo mio e quello dei miei familiari. Capita allora che lo trovi azzeccato magari per me, ma non per mia moglie, o per mia moglie e non per mio fratello, ad esempio, o infine che funzioni un po' per tutti ma per nessuno in particolare. Comunque, per i nati sotto il segno del Leone come Carlo questo è un giorno in cui ci sarebbe da aspettarsi "un invito per la serata". E insomma, nonostante mi rigirino in testa le parole dell'astrologo, mi è difficile interpretarle alla luce di quelle del chirurgo che è appena uscito dalla sala operatoria dove Carlo è rimasto tre ore sotto i ferri.

«Una brutta bestia... ho levato tutto, ma è una brutta bestia» ha detto infatti il chirurgo.

Anche a distanza di giorni, le parole dell'astrologo, che ho ritagliato e riposto con cura nel cassetto della scrivania, continuano a stridere con quelle del referto, secondo il quale il frammento di linfonodo asportato lungo i vasi ileocolici, e subito inviato in laboratorio, rivela un'infiltrazione di probabile adenocarcinoma. Anche la resezione di "almeno un metro di tenue" mal si sposa con quel "non preoccupatevi eccessivamente dei malumori di una persona cara", perché il giorno in cui ti fanno una cosa del genere, le persone care, di solito, evitano di tediarti troppo con i loro malumori. Ma sono soprattutto i quattro noduli epatici, riconosciuti come "metastasi di probabile adenocarcinoma", a escludere "un invito per la serata". Questa cosa dell'invito per la serata, comunque, deve essere una fissazione dell'astrologo, perché torna anche per i nati sotto il segno dei Gemelli, come Nadia: "Accettate un invito per la serata, a costo di sacrificare qualche ora di riposo". E qui le parole dell'astrologo stanno un po' di più al gioco: potrebbero riferirsi al fatto che, dopo l'operazione, Nadia passerà la notte accanto a Carlo, sacrificando in effetti qualche ora al riposo, per quanto certo risulti difficile immaginare che lui le abbia fatto un vero e proprio invito in tal senso: «Nadia, mi hanno tolto un metro di intestino, che ne dici... ti andrebbe mica di fare l'alba con me, strafatto di morfina?».

Ma è per i nati sotto il segno del Cancro come me che l'astrologo, o astrologa che sia, ha parole davvero convincenti per questo mattino di settembre. Parole che mi restituiscono una completa fiducia nel potere divinatorio del copia e incolla astrale: "La giornata va accettata per quello che è e che può dare. Un tentativo di modificarla a vostro vantaggio, anche con l'aiuto di un amico influente, sarebbe del tutto inutile".

Perché in effetti si tratta precisamente di questo: di accettare il tumore di Carlo.

E questo passaggio sull'amico influente, infine, penso si riferisca all'attimo in cui, dopo le parole del chirurgo, io ho alzato gli occhi al cielo, come a cercare l'aiuto di qualcuno che potesse farci qualcosa. Un amico influente. Un dio.

Ma Carlo sa o non sa? Fa finta di non sapere ma lo ha capito? Quando è entrata l'oncologa, una quarantina olivastra dal bel portamento e dai modi gentili, Carlo ha assunto subito quel tono di educata galanteria che ha sempre in presenza di una signora, salutandola con compita deferenza, quasi a scusarsi del fatto di farsi trovare così, in tutta la sua magrezza crudamente esposta, con i cannelli che gli escono dal naso e dalla ferita, e uno strano perizoma a coprire le pudenda.

«Sto abbastanza bene, grazie» ha detto Carlo.

L'oncologa gli ha detto intanto di essere tale, ovvero oncologa, cosa che però non sembra aver stupito Carlo più di tanto. Gli ha poi spiegato che l'operazione, secondo quanto affermato dal chirurgo, è andata bene, anche se, «anche se» ha sottolineato l'oncologa, bisogna aspettare l'esito dell'esame istologico ed è chiaro, ha detto, «è chiaro» ha ripetuto, che non si deve considerare l'operazione come la conclusione del percorso, ma soltanto come l'inizio della cura. «Quindi bisognerà rivedersi spesso» ha detto sorridendo, mentre Nadia lo ha scherzato dicendogli: «Ecco Carlino senti lì... una dottoressa così bella vorrebbero avercela tutti». Carlo però non ha detto niente, non ha fatto alcuna domanda alla dottoressa. Si è limitato ad annuire alle sue parole. Sa o non sa? Non vuole sapere perché già sa tutto?

Allora l'oncologa, avendo detto tutto quel che poteva dire con gli elementi a sua disposizione, ha salutato Carlo con un gran sorriso e noi che eravamo lì nella stanza. Ha fatto per voltarsi e andarsene, ma Carlo finalmente ha mormorato: «Dottoressa». E siccome quella non aveva sentito, l'ha chiamata più forte: «Dottoressa, la prego, mi scusi».

«Prego signor Lenzi, mi dica, sono qui per lei» ha detto, perché l'oncologa è davvero una brava persona e questo lo si capisce anche solo a guardarla negli occhi.

«Il prossimo anno farei cinquant'anni di matrimonio» le ha detto Carlo.

«Ma che cosa meravigliosa, complimenti signor Lenzi, e anche a lei signora» ha detto l'oncologa rivolta a mia madre.

«Ecco, lei capisce, mi piacerebbe arrivarci» ha detto infine Carlo.

Nadia si è voltata di scatto, facendo finta di sistemare le cose sul comodino, perché le veniva da piangere ma non voleva farsi vedere.

E allora potrebbe darsi che il quarto di sangue oscuro mi venga da lei, da mia madre e dalla sua famiglia voglio dire. Che la fine che faccio dipenda quindi non tanto dalla melancolia atavica dei Lenzi, ma da quella più sottile e dissimulata dei Bimbi, i quali, con un cognome del genere, neanche possono permettersi di mostrare un lato oscuro del carattere e hanno invece sempre ostentato una certa loro attitudine buffonesca. Così, ad esempio, nessuno avrebbe mai indovinato un quarto di sangue oscuro nelle vene di mio nonno Secondo, che aveva una gamba visibilmente più magra dell'altra, i piedi piatti, e girava volentieri in mutandoni con una collana di cipolle finte al collo, senza che né io né alcuno della mia famiglia abbiamo mai capito esattamente perché gli piacesse adornarsi di quella roba. Di mio nonno Secondo si ricordava semmai la capacità di improvvisare in ottava rima canzonature per gli ospiti dei matrimoni, o di architettare complicati scherzi per il primo d'aprile a danno di certi suoi amici padellatori di beccacce, persino il suo vezzo di scrivere sui muri, a larghi tratti di pennellessa, frasi ingiuriose contro l'ennesimo governo Andreotti. Può darsi insomma che mio nonno, chiamandosi Secondo Bimbi, si fosse rassegnato a un destino di ilarità in ossequio al suo nome, per quanto la sua natura nascondesse un lato assai meno incline alla risata. Che in definitiva recitasse una parte a uso del pubblico che da lui non si sarebbe aspettato mai niente di diverso da quel che andava facendo ogni giorno, ovvero mostrare la dentiera ai ragazzini che scappavano inorriditi, inventarsi rime sconce con il nome delle vicine di casa, arrancare su quella sua bicicletta stremata, farsi cacciare da tutti i bar del quartiere dai compagni di briscola, che non ne potevano più delle sue intemperanze, tentare senza successo di organizzare matrimoni fra vecchi scapoli di campagna e vedove di città o ragazze madri attempate, rubare pesche e uva nelle sue scorribande nei campi e insomma tutte quelle attività che si addicevano a uno che andasse in giro con quel nome lì: Secondo Bimbi. Il nome di uno che non sarebbe mai stato destinato al successo o alla ricchezza, ma a pedalare su una bicicletta stremata con due gambe difformi, la canotta sdrucita, una collana di cipolle finte al collo e le ciabatte ai piedi. Che dunque Secondo avesse un quarto di sangue oscuro a velargli di cupezza lo sguardo è cosa da mettere in conto. Del resto, aveva spesso gli occhi umidi e momenti di assenza in cui sarebbe stato difficile dire a cosa pensasse, né avrebbe avuto alcun senso chiederglielo, dal momento che avrebbe quasi sicuramente risposto con una battuta sconcia. E tuttavia io ricordo una sera d'agosto, quando ancora passavamo l'estate in campagna, io e lui giù, lungo la discesa. Era il frinire dei grilli come un tappeto steso sopra un silenzio altrimenti abissale. Sopra di noi un cielo totale di stelle. Andavamo così un passo dopo l'altro, di tanto in tanto il volo imprevedibile di un pipistrello squarciava la notte, finché non appariva l'occhio di luce del lampione, con il suo sciame pazzo di falene, accanto al bar dove Secondo mi avrebbe comprato il cremino promesso. Tuttavia, dicevo, ricordo che quella sera Secondo si fermò d'improvviso, un poco prima del bar. E mi disse una cosa che non mi sarei mai più dimenticato.

«Sai» disse, «io non dovevo sposare tua nonna. Dovevo sposarne un'altra.»

Non ricordo di avergli risposto nulla. Immagino che di quella informazione non sapessi bene cosa farmene quando me la fornì, perché avrò avuto più o meno dieci anni. Però continuò: «Io dovevo sposare la mia fidanzata. Ma morì due giorni prima delle nozze. Una cosa improvvisa, un colpo di cuore. Venne sepolta con l'abito da sposa». E lo ripeté una seconda volta: «Con l'abito da sposa».

Mi pare di ricordare che gli chiesi una cosa stupida tipo: «E te che hai fatto?» o: «E dopo cosa successe?», una cosa così, perché lui non rispose niente, alzò le spalle, si rimise in cammino, e io dietro di lui. Poi entrò al bar, ed era il Secondo di sempre, battute su questo e quello, grandi risate, tutto come prima.

Forse allora è per questo che la fine di Secondo mi appare adesso assai meno incongruente con quella sua vita che arranca in bicicletta e la collana di cipolle finte appesa al collo. Mia madre cercò di minimizzare, quel giorno in cui tornai da scuola e vidi tutti con le lacrime agli occhi. Mi disse che nonno era stato ricoverato

all'ospedale perché aveva avuto un "piccolo incidente".
Era successo che mentre Secondo attraversava i binari,
esattamente nello stesso punto in cui aveva lavorato
per trent'anni come addetto agli scambi delle Ferrovie
dello Stato, una locomotiva in manovra lo aveva investito di striscio, scaraventandolo a terra. In realtà, come
compresi ben presto, una locomotiva che ti colpisce su
un fianco, con le sue tonnellate di acciaio, non è mai
un "piccolo incidente". Secondo trascorse tre giorni di
agonia, prima di morire con le costole conficcate nei
polmoni e gli organi interni devastati. Andai a trovarlo una volta sola, quando ormai si era capito che non
c'era più niente da fare: in quei tre giorni Secondo non
aveva fatto altro che bestemmiare. Una madonna dietro l'altra, un gesù dietro l'altro, come un'ininterrotta
preghiera al contrario. Mia madre aveva cercato in ogni
modo di evitarmi la visita, perché non voleva che me
lo ricordassi così.

Molti giorni dopo il funerale, quando ormai mia madre aveva liberato il giardino di tutto quel ciarpame
variopinto di ruote di bicicletta, pompe idrauliche, damigiane di vino vuote, gabbie per uccelli che era andato
accumulando negli anni con l'idea che non si sa mai,
un giorno tutto questo potrebbe anche tornarti utile,
Secondo tornò a trovarmi, una notte, nel sonno. Non

era venuto in bicicletta però. Stavolta era arrivato con quella sua Cinquecento blu, piena di fango, erbacce e cianfrusaglie che usava per andarsene in campagna. Aveva accostato davanti a casa, per farmi salire. Ero così felice di vederlo: «Nonno, ma allora non sei morto!» avevo gridato. Volevo che lo sapessero tutti. Ma lui mi aveva fatto cenno di salire in fretta, e non mi aveva sorriso. Seduto in macchina, mi accorgevo che Secondo aveva indosso un lungo pastrano nero, con un cappuccio che gli copriva la testa e ne rivelava appena lo sguardo: aveva gli occhi tristi e incattiviti. Mi guardava senza dire niente. Giravamo per le strade del quartiere, senza scopo. Attraversavamo il passaggio a livello avanti e indietro, poco distante dal punto in cui era stato investito, perché figurati se lui si metteva ad aspettare che passasse il treno e si aprisse il passaggio a livello. Ricordo che avevo una paura assoluta, che sentivo freddo e non riuscivo a dire niente. Lo guardavo in tralice, sperando che non ricambiasse il mio sguardo. Solo alla fine Secondo aveva aperto bocca, e la sua voce mi era parso avesse una qualche sfumatura di dolcezza: «Sono morto, Nini. E ora è anche peggio di prima».

Così adesso Secondo era quello a cui la fidanzata era crepata due giorni prima delle nozze e che, dopo essere stato investito da una locomotiva, tornava per dirmi di non farmi illusioni: la vita era quel che era, certo, ma dopo sarebbe stato anche peggio. Sembrava che l'inferno, o quel che era, consistesse nel girare su una Cinquecento puzzolente, senza scopo né destinazione, con un lungo pastrano nero addosso e un freddo gelido intorno.

Ripensandoci adesso non è dunque da escludere che la fine che faccio possa dipendere dal quarto di sangue oscuro dei Bimbi, per come questo si è manifestato nella vita di mio nonno Secondo, al quale nessuno avrebbe mai associato alcunché di minimamente malinconico o tragico, a dimostrazione di quanto siano spesso superficiali le idee che ci facciamo su chi ci sta intorno. Perché in effetti, ma lo capisco solo adesso, Secondo Bimbi ha sempre cercato a ogni costo di sviare me, mia madre, la nostra famiglia e in definitiva tutti, dalla realtà tragica della sua esistenza, buttandola costantemente sul ridere. Una forma di delicatezza, insomma, che uno non si aspetterebbe da un tizio che va in giro in canotta, mutandoni e collana di cipolle finte al collo.

Comprendo oggi che il quarto di sangue oscuro dei Bimbi, per come si era manifestato in mio nonno, fosse più un'aura di tragedia, una consapevolezza che niente va mai come dovrebbe andare, piuttosto che una vera e propria nota caratteriale, come invece è sempre stato per i Lenzi.

Intanto, che mio nonno si chiamasse Secondo, capisco oggi, non era tanto indicativo del fatto che i miei bisnonni cercassero di risparmiare la scarsa immaginazione nominativa subito dopo quel primo parto che aveva generato la zia Fernanda (pace anche all'anima sua, finalmente libera di volare senza il peso di quella sesta di tette che si portava in giro), quanto piuttosto del fatto che il suo stesso nome servisse a nascondere un lutto di cui rappresentava la sbrigativa elaborazione: la gemella di mio nonno era morta appena nata, quando un pentolone bollente di fagioli le si era rovesciato addosso. Secondo era dunque tale nel senso che, sopravvissuto della coppia, spettava a lui soltanto occupare un posto preciso in una serie che già si prevedeva lunga e che infatti avrebbe raggiunto la dozzina, come del resto non era insolito nelle campagne di allora. Dopo di lui infatti nessuno venne nominato Terzo, Quarto, Settimo ecc.

Tutto, capisco oggi, dipende dal fatto di essere nato in una casa in fondo a una strada senza uscita. La strada finiva lì. All'altro capo della strada, un incrocio. Tutto dipende dal fatto di essere nato, per una circostanza fortuita, da quella parte dell'incrocio, alla fine della strada senza uscita. Fuori luogo, fuori posto. E anche questo era dipeso dalla famiglia di mia madre.

Da Secondo, al quale era morta la fidanzata due giorni prima delle nozze, dicevo, ma che poi, siccome la vita va avanti, aveva conosciuto Ilva. Si erano fidanzati, si erano sposati, e Ilva aveva partorito una bambina che avevano chiamato Nadia, perché Secondo era un comunista e per sua figlia voleva un nome russo. Poi, due anni dopo, Ilva aveva partorito un'altra bambina, e l'avevano chiamata Neda, perché anche la seconda figlia doveva avere un nome russo, il più possibile simile a quello della prima, per non creare disuguaglianze: il comunismo doveva cominciare col battesimo. Era dipeso da Secondo e anche da Ilva, che dopo il secondo parto aveva cominciato a soffrire di mal di schiena. Non riusciva più a far niente con quel mal di schiena. Un'ernia al disco, aveva detto il dottore, però era meglio farsi una lastra col liquido di contrasto. E così Ilva era andata in ospedale a farsi questa lastra, solo che il liquido di contrasto aveva qualcosa che non andava e, per farla breve, nel giro di una settimana le aveva bruciato il midollo spinale. Per farla breve, Ilva restò immobile su una carrozzina per trent'anni. Per farla breve, la sua fu una vita lunga e immobile, perché a farla lunga io non saprei come raccontare trent'anni su una sedia a rotelle. In realtà,

Ilva morì a sessant'anni appena, ma a me trent'anni su una sedia a rotelle mi sono sempre sembrati un tempo lunghissimo, per quanto Ilva, di cui ricordo il sorriso assoluto, non abbia mai degnato la sorte di un lamento.

Ma non è di questo. Piuttosto del fatto che a Secondo venne revocata l'assegnazione della casa popolare nel palazzone dei ferrovieri oltre l'incrocio.

Visto che Ilva era paralizzata e non poteva fare le scale, gli venne concessa invece la possibilità di acquistare il piano terra di una palazzina al di qua dell'incrocio, una di quelle che le Ferrovie destinavano ai quadri: capostazione, vice capostazione, vari funzionari. Mentre Secondo, come manovale addetto agli scambi in un mondo in cui ancora le classi sociali avevano una chiara dislocazione topografica, sarebbe stato destinato a metter su famiglia in un appartamento di settanta metri quadri di una casa popolare delle Ferrovie, la paralisi di mia nonna aveva spostato la famiglia di qua dall'incrocio, per destinarla a un mondo completamente diverso da quello in cui avrebbe vissuto se fosse finita oltre.

Oltre l'incrocio intanto, in una di quelle case popolari, abitavano invece i miei nonni paterni, proprio sopra la tabaccheria che avevano acquistato all'inizio degli anni Cinquanta. Nato e cresciuto prima dell'incrocio, passavo tuttavia i pomeriggi a baloccarmi con gli spiccioli, i fiammiferi, i pacchetti di sigarette, a frugare nei cassetti del bancone della tabaccheria oltre l'incrocio, come fossi un piccolo Lévi-Strauss in visita ai tristi tropici. Un osservatore curioso e interessato di un posto che non era casa mia.

I miei nonni paterni tenevano sul bancone un quadernetto dove segnavano i debiti. C'era chi prendeva un pacco di sale o un chilo di caffè macinato e con gli occhi bassi faceva segno di scrivere. Allora i miei nonni guardavano il quadernetto e annuivano: il debito non era ancora troppo consistente. Il fatto è che, oltre l'incrocio, c'erano i poveri. Ecco, avevo proprio la sensazione che, oltre l'incrocio, ce ne fossero tanti. Alcuni molto dignitosi, vestiti con decoro, che mi parevano poveri per sbaglio. Altri invece li giudicavo poveri essenziali, poveri come alcuni sono biondi e alcuni sono mori. Poveri nati. Una miseria costitutiva, quasi naturale. Non lo so. Ricordo ad esempio Fransuà, che avrà avuto una trentina d'anni ma ne dimostrava il doppio. Vestita sempre da uomo, con il basco in testa e quel suo indefinibile accento sudista. «Ginguemilalire, guarda! Tengo ginguemilalire...» diceva. «Un pompino al porto, sissignore, ciò fatto ginguemilalire.» E poi con quei soldi veniva in tabaccheria a comprare un profumino, una passatina o degli orecchini di bigiotteria, per regalarli a Cinzia, una biondona un po' passatella, che se non sapeva che farsene dell'amore di Fransuà, di certo non era così schifiltosa da rifiutarne i regali.

Oppure lo Sceriffo, un caso che nell'Ottocento sarebbe stato ascritto al cretinismo atavico, perché è certo che la malnutrizione e la marginalità di generazioni e generazioni di avi avessero fatto di lui questo omino minimo, eccedente di poco il rachitismo, che girava con una stella di latta appuntata sul petto e sghignazzava minacciando di mettere tutti in galera. Per un certo periodo portò anche il cinturone e le pistole di plastica, per quanto la moglie non gli consentisse di spendere i pochi spiccioli della pensione di invalidità in fulminanti e, quindi, fosse costretto a sparare a vuoto. Vi erano poi i fratelli Tramonti, nome collettivo per una sorta di clan, che oltre ai quattro fratelli contava padri zii e cugini: tutti molto endogamici, tutti molto muscolosi. Praticavano boxe e ogni genere di arte marziale, facevano un po' paura e puzzavano. Qualcuno si bucava, qualcuno finiva in galera, qualcuno moriva anzitempo.

Oppure il grande impresario Tazzi, quello che ogni estate organizzava il concorso internazionale Ugola d'Oro al Teatrino dei Salesiani. Con un vestito di gabardina marrone sdrucitissimo e una fantasiosa cravatta arancione, l'impresario Tazzi millantava certe sue aderenze col mondo dello spettacolo che avrebbero consentito ai piccoli talenti del quartiere Stazione di farsi conoscere nel mondo. Non era chiaro se il vero scopo del concorso fosse racimolare i pochi spiccioli dell'iscrizione o se l'impresario Tazzi credesse davvero a quel suo mondo di fantasia, come del resto il nome di suo figlio stampato in grassetto sui manifesti ciclostilati lasciava supporre, o se infine, come è più probabile, si trattasse di entrambe le cose, ovvero di una truffa innocente a cui credeva ciecamente lui stesso. Da quel palcoscenico, Daniele Tazzi, il figlio dell'impresario, poteva così far sentire a tutti la sua voce, che era bella e intonata, sebbene assai più versata nelle imitazioni che nel canto, come dimostrava, ogni mattina, la messa a uso dei passeggeri dell'autobus 7 somministrata da Daniele con la stessa identica voce di don Ortensio, in uno show che stupiva per la straordinaria capacità mimetica di quel figlio d'arte ma che pure un po' inquietava, per come un ragazzino di dieci anni si lasciasse possedere dalla voce di un prete friulano settantenne. Dopo che Daniele ebbe offerto per alcuni anni il corpo di Cristo sotto forma di abbonamento mensile della compagnia dei trasporti cittadina, di lui si persero per un po' le tracce, fin quando certi amici psichiatri non mi raccontarono di come fosse lui stesso a girare per gli ospedali della Toscana chiedendo che gli venisse praticato un TSO, salvo poi lamentarsi se la procedura non veniva eseguita nel rispetto di tutti i crismi legali e burocratici: per Daniele Tazzi, che oramai si considerava come un benchmark vivente per il trattamento della follia o come una sorta di consulente per la qualità delle ASL, c'erano insomma ospedali dove si praticavano TSO a regola d'arte e altri invece in cui si peccava di improvvisazione. I farmaci antipsicotici gli tolsero poi la voglia di cantare la messa.

L'impresario Tazzi smise infine di organizzare l'Ugola d'Oro. Non saprei dire se in ragione dei ricoveri del figlio o se per colpa di quel mezzogiorno di fuoco in cui si trovò a sfidare lo Zio, nomignolo col quale chiamavamo il chiccaio che ci vendeva mosciamelli e liquirizie davanti alle scuole elementari Collodi.

Pare infatti che lo Zio avesse una storia di vero amore con la moglie dell'impresario Tazzi, che aveva conquistato promettendole quel dolce e solido futuro che le misere entrate del Tazzi di certo non potevano garantirle. La baracchina dei chicchi, del resto, non era mai a corto di clienti.

Per quanto la nemesi infallibile avesse condannato lo Zio a una parziale cecità diabetica, l'abbondanza delle forme della moglie del Tazzi era comunque riuscita a fendere la coltre di miopia nella quale solitamente arrancava, quando ad esempio doveva districarsi fra i mille barattoli della baracchina o quando scattava in piedi, il corpo proteso oltre lo scranno, agitando le mani a casaccio per intimare l'altolà al furbetto di turno che tentava il furtarello. Era infatti la signora Tazzi una specie di bimbona sudicia e carnale le cui tettone costituivano, per tutti coloro che se le vedevano ballonzolare davanti, una specie di archetipo della classe mammifera, l'ammiccamento a un mondo perfettamente rotondo e allattato per sempre, senza guerre né carestie, dove l'agnello avrebbe giaciuto appresso al lupo, come nelle illustrazioni di quei giornaletti fantastici che i Testimoni di Geova lasciavano sulla soglia della nostra indifferenza.

Pare insomma che, mentre la moglie dell'impresario Tazzi e lo Zio amoreggiavano in cucina, l'impresario, forse avvertito da qualche vicino maligno, uscisse di corsa dal bar dove stava imprendendo l'ennesimo cognacchino, per correre in mezzo al cortile. Da lì, forse citando inconsapevolmente la mimica e la gestualità ammirata nelle pellicole del Merola, il Tazzi aveva allora gridato che la svergognata si affacciasse, e che scendesse subito quel porco infame che era con lei.

Ma lo Zio, che aveva da sempre temuto quell'esito, si era premunito di una Beretta calibro 9, brandendo la quale, forse citando inconsapevolmente i cliché di certe pellicole poliziottesche dove Milano spara e Napoli risponde, si era affacciato alla finestra di quella casa non sua, a difendere l'amata e a intimare all'impresario di andarsene immediatamente se non voleva un buco in testa.

Un'affermazione del tutto inverosimile per due circostanze essenziali. La prima, già nota, è che difficilmente lo Zio, con il suo scarso lume, sarebbe riuscito a centrare la testa del Tazzi da una distanza di almeno trenta metri. La seconda invece, appurata dai carabinieri accorsi sul luogo del mancato misfatto, era che la Beretta era scarica. O meglio, lo Zio non aveva mai neanche pensato a comprarsi delle munizioni, la qual cosa gli valse poi come attenuante in una rapida derubricazione del caso da tentato omicidio a sceneggiata.

Mentre il Tazzi se la dava a gambe imprecando, era chiaro comunque che la sua credibilità di patron dell'Ugola d'Oro era minata per sempre.

Che poi uno quasi si sente in colpa a non essere rimasto lì con Fransuà, l'impresario Tazzi, il clan Tramonti. Con i suoi compagni delle scuole medie, molti dei quali cominciarono a bucarsi a sedici anni. Uno si sente in colpa perché gli pare quasi di averli traditi, ma il senso di colpa si affaccia alla coscienza, piega appena il margine delle labbra in una smorfia impercettibile e poi scompare. Perché col cazzo, pensi. Col cazzo che uno voleva restare lì, pensi. E anche se ogni tanto la sera ti torna in mente Fransuà, con il suo basco pieno di forfora calato sulla maschietta bisunta, con le sue camicie impataccate e vorresti persino abbracciarla e dirle: «No! Smettila, non vedi? Cinziona non ti ama, non ti bacerà mai, inutile che tu spenda i tuoi spiccioli per comprarle questa paccottiglia. A lei piacciono gli uomini, non le puttane lesbiche. A lei soprattutto piace la bottiglia, Fransuà, lascia perdere». Anche se vorresti ritrovare l'impresario Tazzi e dirgli che si dia pace, perché dall'Ugola d'Oro non uscirà mai nessun talento e dell'Ugola d'Oro non frega nulla a nessuno. Anche se vorresti abbracciare suo figlio Daniele e dirgli che se mai un giorno troverai una fede, vorresti che la comunione te la impartisse lui, sull'autobus che va allo stadio. Anche se una parte di te non si è mai staccata dalle case popolari di via Badaloni, la parte che è cresciuta al di qua dell'incrocio ha cominciato a pensare col cazzo che voglio restare qui, al di qua dell'incrocio, al riparo dalle miserie della miseria, sì, ma in una strada cieca.

Che poi oltre il muro non vi fosse casa, esattamente come non era casa prima del muro, che oltre il muro ci fosse l'esilio continuo di tutti questi anni, esattamente come uno era in esilio al di qua del muro, nella strada cieca, comincia a essere chiaro a metà degli anni Settanta.

«Sei molto carina» dissi a Bea.

«Oh be', già lo sapevo, ciao ciao» rispose Bea.

Bea era la figlia di un pezzo grosso dell'Alitalia. Razza padrona, si diceva al tempo. Aveva nove anni come me. Non mi ricordo neanche il suo volto, solo la risposta con cui aveva liquidato quel timido tentativo di galanteria che mi era costato infinite prove davanti allo specchio dell'ascensore al Grand Hotel Continental di Tirrenia.

Perché a un certo punto presi a passare l'estate a Tirrenia, fuori luogo sul bordo piscina di un hotel a 4 stelle. Da quando cioè mia zia ne aveva sposato il direttore, e da giugno a settembre ero diventato semplicemente *il nipote*, con libero accesso a tutte le aree dell'hotel.

Così avevo cominciato a impazzire con le posate e i bicchieri: tutte quelle posate, tutti quei bicchieri. Tutte le cose che io non sapevo di dover sapere, e che mi venivano fatte notare con pazienza: che le posate sul piatto vanno lasciate in un certo modo, quando vuoi che il cameriere te lo porti via, che non ha senso chiedere al *commis débarrasseur* la macedonia, perché lo metti in difficoltà, che il *maître de salle* ti darà fuoco alle *crêpes Suzette* ma non sarà certo lui a portarti pane e grissini se li hai finiti, che oramai sei troppo grande per metterti il tovagliolo come un bavaglino, che la chiamano *paillard* ma in realtà non è altro che una fettina triste, che la *mezza minerale* è solo una bottiglia di acqua minerale grande la metà, che a merenda va benissimo un *toast* (ci fu un tempo in cui anche la parola "toast" era nuova e croccante). Che i cuochi erano omoni burberi, puzzavano di amido e miasmi e non uscivano mai dalle cucine, non scrivevano libri, non andavano in tivù, e insomma cucinavano e non rompevano i coglioni. E soprattutto restavano inscritti in quella lunga tradizione di civiltà racchiusa nel rigoroso manifesto estetico che è il celebre motto "*ars celare artem*" e che tradotto significa che a me non me ne frega nulla di sapere cosa ha mangiato l'Angus prima del macello, a quanti gradi lo cuoci, che tipo di coltello usi per tagliarlo, cosa hai messo al posto della Worcester per reinterpretare il filetto alla Voronoff con un occhio alle eccellenze del territorio (perché io pago per mangiare qualcosa di buono, non per carezzarti l'ego, capisci amico chef? Altrimenti facciamo che io mangio, ascolto anche tutte le tue chiacchiere, ma alla fine sei tu che paghi me, siamo d'accordo?).

Intanto comunque avevo smesso di giocare a pallone e scambiarmi figurine di calciatori e avevo cominciato a giocare a tennis e a fare corsi di vela, e se c'è una cosa che mi era risultata chiara sin da subito, guardando ad esempio la grazia innata della piccola Bea, era che i ricchi erano meglio dei poveri: erano più belli, più curati, più spiritosi, più educati. Generalmente più gentili e amichevoli. E poi, era evidente, i ricchi vivevano molto meglio. Mangiavano e dormivano meglio, si vestivano meglio. Parlavano a voce più bassa. Si divertivano di più ma facevano meno casino.

Circa la fine che faccio, dunque, pare che adesso debba decidermi fra la violenza improvvisa di un incidente, come è successo a Secondo, o un lento e progressivo spegnersi di ogni facoltà come invece è successo a Dino, mio nonno paterno, il quale sopravvisse a tre infarti per poi consumarsi lentamente nel letto con i polmoni affogati nel liquido pleurico. Arrivato a pesare quaranta chili, a ottantasei anni, non riusciva più ad alzarsi e passava le giornate guardando il soffitto.
Prima dell'agonia, sebbene non fosse mai arrivato agli estremi di afasia eroica del Cugino L., ricordo di averlo sentito parlare una dozzina di volte appena, e sempre per proposizioni protocollari: «La minestra è sciapa», «oggi piove», «fa freschino». Per quanto il quarto di sangue oscuro gli avesse dunque impedito ogni loquacità in vita, è però notevole il fatto che, durante l'agonia, gli

fosse venuta voglia di parlare assai di più, per quanto la tipica demenza multi-infartuale lo portasse a dire cose che avevano poco fondamento nella realtà.

Così, se sentiva che mia nonna Anna prendeva le chiavi di casa e tirava fuori il cappotto dall'armadio, ecco che subito la apostrofava: «Dove vai, troia?!».

«Ma Dinino, vado giù dal macellaio a prendere un po' di macinato... 'un volevi le polpette?»

«Ah vai dal macellaio eh, troia?! Ti piace il macellaio eh?!»

E così Anna non solo doveva cucinargli le polpette, ma ne aveva in cambio epiteti ingiuriosi che alludevano a una tresca improbabile fra lei, una povera vecchia ottantenne, e il macellaio.

Solo che Anna, invece di prendere le parole di Dino per quello che erano, rispondeva piccata, rivangando certe intemperanze sessuali del marito che risalivano a cinquant'anni prima: «Io troia??? La tu' bella Nebbia, quella sì che era una troia... non te lo ricordi eh?».

Ma Dino non se la ricordava. «Troia...» ripeteva flebilmente.

Con il nome evocativo e poeticissimo di Nebbia, Anna si riferiva a una contadina non maritata che abitava a Montaione e che, si dice, se la spassasse con i mariti delle altre, come a dimostrare che non aveva alcun bisogno di prendersi un marito tutto suo se poteva avere quelli delle altre tutte le volte che ne aveva voglia.

Non è dato però sapere se la rabbia di Dino fosse frutto soltanto della demenza o se avesse a che fare con un certo bovarismo di Anna, che da giovane aveva speso non pochi quattrini nella merceria sotto casa in vestitini all'ultima moda di dieci anni prima, quando ancora fra il centro delle metropoli e la periferia delle cittadine di provincia esisteva un lungo scarto temporale. Di Anna si ricordava peraltro la pelliccia di visone, finalmente estorta ai mugugni di Dino, e sfoggiata sempre nei suoi viaggi a Montaione, in veste di zia che viene dalla città dopo «trent'anni al commercio, cara mia», quando ormai però Brigitte Bardot difendeva le balene e la Ripa di Meana mostrava la micia al naturale in segno di protesta animalista.

Mentre dunque Dino, come la già citata sorella Rita, era sempre stato di braccino corto, sempre attento al centesimo, Anna tendeva invece a scialacquare in profumi e balocchi per sé. Poteva darsi dunque che fosse questo ulteriore motivo di rabbia, per quanto confuso nella demenza, ad armare le ingiurie del moribondo, che ormai sentiva sfuggirsi dalle mani ogni controllo sul gruzzoletto derivante dalla vendita della tabaccheria.

Comunque fosse, dopo la morte di Dino venne ritrovato un suo testamento. Colpì soprattutto il fatto che ne avesse fatto uno, cosa piuttosto insolita nelle famiglie come la nostra in cui c'è sempre stato poco da sversare lungo l'asse ereditario, e niente mai che potesse prendere rivoli così inattesi da suscitare dispute fra gli eredi.

Si diceva contento di avere una casa di proprietà che sarebbe poi toccata a noi, e la cosa parve a tutti, più che una disposizione, un invito a vigilare sul fatto che Anna non la vendesse per rinnovare il guardaroba.

Per il resto, dopo aver rivendicato il suo essere uomo di poche parole e pochi sentimentalismi, chiudeva con il classico «niente fiori ma opere di bene».

Niente fiori. Che non ci sia traccia di viole nel Parco delle Viole non stupisce. "La periferia" scrisse Bill Vaughan "è quel posto dove i costruttori tirano giù le piante con il bulldozer e poi ci danno i nomi alle strade." Così, il Parco delle Viole è un fazzoletto di terra, steso fra i palazzoni di mattoni rossi e la tangenziale, dalla quale lo divide un argine di rovi. Lo sgambatoio per i cani da una parte e una fila ben ordinata di panchine rivolte verso il guardrail dall'altra, con vista sul traffico. Ora che Carlo è convalescente e non ce la fa più a portarci Gus da solo, ce li accompagno io.

Dopo il turno di lavoro di Gus, che oggi ha messo

in fuga una decina di camion e un paio di camper, usciamo dallo sgambatoio e ci facciamo a piedi tutto il perimetro del parco. Carlo ha bisogno di camminare un po', glielo hanno consigliato anche all'ospedale. Serve per evitare le aderenze, ristabilire la motilità dell'intestino, serve insomma a qualcosa di utile per il futuro, per quanto non si capisca bene se vi sia un futuro per Carlo. E tuttavia camminiamo, forse perché, al di là della motilità dell'intestino e delle aderenze, camminare non serve soltanto ad andare da un punto A a un punto B. Camminare è una cosa che si fa anche perché qualcosa bisogna pur fare, e allora meglio allungarsi nel tempo, come i passi, che vanno uno dopo l'altro, fino all'ultima panchina in fondo al Parco delle Viole. Dove Carlo dice che deve farmi vedere una cosa.

Un guanto di lattice ai piedi della panchina. «Eccolo... c'è anche oggi... lo vedi?» Sì, lo vedo. «E poi guarda qui...» mi dice, indicandomi tre pacchetti di MS da dieci vuoti e una ventina di sigarette spezzate a metà e sparse intorno alla panchina. «Interessante» gli dico.

Pacchetti vuoti, decine di sigarette spezzate a metà e mozziconi fumati fino al filtro, saranno tre o quattro. E un guanto di lattice ai piedi della panchina. Siamo in presenza di una ritualità di qualche tipo, gli dico.

Dobbiamo fare il profiling di questo misterioso frequentatore del parco, come in un film americano dove il cervellone dell'Fbi entra nella mente del serial killer per prevederne le mosse. Perché questo è il serial killer delle MS, non ci sono dubbi. Uno che si mette un guanto di lattice per fumare e poi, dopo che ne ha fumate tre o quattro, spezza le altre e le sparge ai piedi di questa specie di altare che è l'ultima panchina del Parco delle Viole. Chiedo a Carlo se si sia fatto un'idea di chi possa essere, se lo abbia mai visto. «No... non l'ho mai visto. Deve venire qui la sera... e non tutte le sere. Viene solo ogni tanto, ma fa sempre la stessa cosa.»

È dunque evidente dal modus operandi del nostro uomo (perché secondo me è un maschio bianco di almeno cinquant'anni) che le MS sono l'oggetto ossessivo del suo desiderio, verso il quale però nutre anche un odio profondo, che gli deriva dall'esserne dipendente. Il guanto di lattice, dico a Carlo, gli serve perché non gli rimanga l'odore della sigaretta sulle dita. Il nostro uomo, dico a Carlo, fuma di nascosto. Fuma dopo aver promesso e giurato di non fumare più. Ma qui mi fermo e tengo il resto per me, perché mi accorgo all'improvviso che forse sto cercando di spiegare a Carlo una cosa che Carlo ha capito benissimo molto meglio e molto prima di me. Scherzo sul fatto che il nostro uomo sarebbe stato un ottimo cliente per i nonni: «Ce ne fossero stati di matti così quando avevamo la tabaccheria». Ma la verità è che deve essere malato anche lui, e la sua malattia deve avere a che fare con le MS. In fondo, nel gesto di spezzare le sigarette a metà c'è l'odio che prova per queste cose di cui non può fare a meno, ma anche la volontà di renderle inservibili per gli altri: un gesto di cura, quasi. Ma chi sono questi altri da cui si nasconde qui al parco? La moglie? I figli? Chi gli impedisce di fumare? Il nostro uomo ci sta dicendo che ama le MS di un amore malato. Ci sta dicendo che le aspira forte, una boccata dopo l'altra, fino al filtro, e quelle che non fuma le spezza. Sono solo sue le MS, e non devono essere di nessun altro, perché è lui che ha fatto suo questo amore letale. La sua dannazione è sua soltanto e qui sta mettendo in scena un suo rituale di vendetta amorosa. Per questo compra tre pacchetti, e poi, secondo me, «ne fuma una da ogni pacchetto, e butta via le restanti». «Secondo me» dico a Carlo «non fuma tre sigarette dallo stesso pacchetto… Non avrebbe senso, no? Secondo me apre un nuovo pacchetto per ogni sigaretta che fuma e spezza le altre.» Ogni sigaretta deve costargli quanto l'intero pacchetto. E siccome sono MS, è facile dedurre che il nostro uomo sia di modeste condizioni economiche. Ogni sigaretta gli costa moltissimo, perché ogni sigaretta gli sta costando la vita. Deve pagare il suo desiderio a caro prezzo. Ci ripromettiamo allora di studiare il caso anche nei prossimi giorni, quando torneremo a portare Gus a fare il suo turno di lavoro inutile nello sgambatoio dei cani. Gus, fedele alla sua natura, ha peraltro dimostrato assoluto disinteresse per la nostra ricerca, distratto da quelle che presumo essere labili tracce di vecchie pisciate canine, sparse un po' ovunque lungo il roveto di more che delimita il Parco.

Intanto però è arrivato il referto della biopsia di Carlo, e c'è una sorpresa: non si tratta di un adenocarcinoma come era parso al chirurgo, ma di un tumore neuroendocrino. Una bestia del tutto diversa, ha spiegato l'oncologa: molto più pigra. Pare dunque che Carlo non stia facendo una fine di corsa, come temevamo, ma una fine con calma, difficile persino dire quanto più lunga. Se prende la somatostatina, ha spiegato l'oncologa, la fine può persino coincidere con quella che si fa quando siamo vecchi davvero. Nadia dunque può ancora chiedere a Carlo di aiutarla a mettere il divano al posto del mobilino e il mobilino al posto della fioriera, e la fioriera al posto del divano, oppure al posto del mobilino che va al posto del divano che forse però, dopotutto, stava meglio dove stava prima, ancora per tanto tempo, nessuno sa quanto, ma intanto Carlo non stia lì con le mani in mano. Tempo sufficiente a occuparsi di tutti i vasi e i sottovasi, di tutte le mensole, degli scaffali nello sgabuzzino, di fare la spesa alla Coop e di litigare per quei venti barattoli di fagioli che Carlo ha comprato perché erano in offerta, anche se i fagioli non piacciono a nessuno e allora cosa li ha comprati a fare, «ma li ho pagati 20 centesimi l'uno» prova a giustificarsi, e sbaglia, perché lì comincia quello sbattere di porte, e quel sussurrare fra i denti cristi e madonne che di solito va avanti per un'oretta, e poi silenzio, e poi infine tutto torna sempre come prima, per cui pare che il vero scopo del matrimonio, con il passare del tempo che comincia a essere il tempo in cui si fa una fine, sia soprattutto quello di avere qualcuno con cui litigare secondo uno schema collaudato.

C'è infatti un modo di litigare che Carlo e Nadia hanno perfezionato in cinquant'anni che segue sempre lo stesso canovaccio: Carlo fa una cosa, Nadia commenta con sprezzo, Carlo si incazza, Nadia di più, Carlo si rivolge al pubblico: «Ma vi rendete conto?», Nadia a sua volta, ma con aria perculativa: «Brutto che è, guardatelo... gli si gonfia pure la vena del collo... attento, Carlino, che ti scoppia le vena eh». Carlo allora vorrebbe urlare ma gli va via la voce e le parole gli si strozzano in gola al culmine del parossismo, Nadia lo manda affanculo, fa spallucce, Carlo si chiude in camera o in salotto, Nadia in cucina telefona a sua sorella Neda. *Exeunt omnes*, passano due ore, rientrano in scena, sipario: tutto finito, tutto come prima.

Io e mio fratello abbiamo persino il sospetto che, in nostra assenza, Carlo e Nadia non litighino affatto.

E questo non per una scelta precisa e cosciente, ma solo perché, senza un pubblico, tutta quella fatica non avrebbe alcun senso.

Certo, ognuno alla fine lo capisce di fare una fine. Di fare una fine, alla fine, lo capiscono tutti.

Vero è però che ognuno lo capisce in un momento diverso della vita. Alcuni, pochissimi, lo capiscono subito, altri lo capiscono appena un attimo prima, e questi, quandunque facciano la fine che fanno, sono davvero i più fortunati, perché a loro è concessa la sublime innocenza delle bestie. Tutti, tuttavia, brancolano nel buio, se non rispetto al come, quasi sempre rispetto al quando.

Da piccolo, ad esempio, io non lo avevo proprio capito come finiva tutto.

Per esempio, eccomi in vacanza con i nonni a Montaione. Gioco a minigolf con Andrea, altro mio cugino, quasi coetaneo. Lo chiamo così, sebbene sua madre, la figlia di Amelio e Rita, lo sia in primo grado di mio padre.

Ci piace molto giocare a minigolf. Ci piacciono quei percorsi sempre più complessi.

Se la prima buca è in fondo a un corridoio lineare, la seconda appare al termine di una curva, e la terza dopo una sorta di piccolo labirinto, e via via, fino a intrichi piranesiani, pozzi, parabole e giri della morte, mentre la buca si fa sempre più inarrivabile. Così, se all'inizio bastano due colpi, alla fine non ne bastano dieci, non ne bastano venti. C'è da romperci la mazza per lo sconforto. E tuttavia penso che potrei continuare a giocare a minigolf per sempre. Mia nonna ci chiama, dice che è ora di rientrare. Strappiamo un supplemento di libertà: dieci minuti, ti prego, dieci minuti.

Ma Andrea, quel mio cugino, lui davvero non si arrabbia mai. Mi è simpatico per questo. Ha modi compassati, per niente da bimbetto. Siamo abbastanza simili in questo: non facciamo le bizze. Se la pallina manca la traiettoria, Andrea non se la prende più di tanto. Ci riprova sorridendo.

A occhio, avremo sì e no dieci anni. Non sappiamo nulla. Non abbiamo idea di quel che sarà di noi.

L'unica cosa certa, a giudicare dal minigolf, è che

le cose si complicano via via. Che all'inizio insomma sembra tutto facile, ma alla fine pare tutto impossibile. E fra dieci minuti dobbiamo andarcene, e quel che è stato è stato.

A dieci anni, però, una partita a minigolf non è una metafora. È solo una partita a minigolf e alla fine vince Andrea.

Fanculo, penso.

3
Il Guardasigilli

Roma. Via Arenula, ministero della Giustizia. Dicembre. Le otto e trenta di sera. Salgo le scale due gradini alla volta. L'addetta stampa mi vede da lontano, viene ad abbracciarmi: «Che bello vederti! Andrea ne ha ancora per una mezz'ora, poi andiamo». «Tranquilla cara» le dico, «non c'è fretta... io intanto do un'occhiata in giro.»

Fa sempre una certa impressione scorrere la galleria dei ministri. Il lungo corridoio sul quale si affaccia lo studio del Guardasigilli, e la segreteria particolare. Alle pareti le decine e decine di ritratti di politici che si sono succeduti in carica dall'Unità d'Italia fino a oggi.

Salta agli occhi come negli ultimi venti anni il Paese sia cambiato. Si leggono, chiari, i segni di una crisi del gusto. I ritratti, intanto, hanno fatto posto a delle assurde fotografie ritoccate e incorniciate. Come se la spending review avesse tagliato i fronzoli dello Stato, a partire dal decoro della sua rappresentazione a olio. La foto di Alfano ad esempio. Sembra uscita da una prima comunione. Alfano ride con tutti i denti, non si capisce di cosa. Credo di nulla. È che, da un certo punto in poi, pare sia venuto in obbligo di immortalarsi col sorriso stampato in faccia. Allora cerco indietro. Cerco Vassalli. Ma Vassalli non c'è.

«Vero» dice l'usciere, «manca Vassalli... non volle il ritratto.»

«Cioè...» gli chiedo, «fu lui a dire espressamente che non voleva un ritratto per la galleria dei ministri?»

«Già... proprio così.»

Mi chiedo perché, dovrò indagare meglio su questa cosa che Vassalli non ha voluto il ritratto da ministro. La Severino invece, unica fra i recenti, ha voluto il dipinto. Non una foto come Alfano, ma proprio un dipinto a olio. Anche in quel caso, però, è scomparsa la severa accademia della ritrattistica ufficiale, e si è scelto un ritratto dagli incomprensibili toni pastello, un mélange fra il rosa e il viola, che indulge quasi al naïf. Forse perché è stata la prima donna a rivestire quel ruolo, o non so perché, ma pare chiaro che la Severino abbia voluto distinguersi fra tutti, con un'immagine di sé che ammicca a una certa intimità familiare, in uno stile indefinibile e comunque lontano da ogni retorica istituzionale. Un ritratto più intimo, insomma, ancorché brutto. L'impressione è quella che si sia voluto, con quel ritratto, significare che il ministro è uno di noi, che la professoressa Severino è assurta a un'alta carica dello Stato, certo, ma non è tutta lì, non inizia e non finisce nella carica che riveste, perché c'è molto altro. Così, anche se non ci sono espliciti elementi simbolici che autorizzino questa interpretazione, è chiaro che i toni pastello rimandano all'idea che, dietro tutti quei libri, ci sia una donna garbata e amichevole. Una che, all'occorrenza, saprebbe fare anche la spesa, o che non si sdegna di prendere un tram, o che magari ha anche una famiglia e un gatto cui badare. Tutte cose importanti, certo, ma in qualche modo debordanti rispetto alla cornice, che, fino ai ritratti di qualche anno fa, aveva da essere una cornice strettamente istituzionale. C'era stato un tempo insomma in cui la carica di Guardasigilli riassumeva in sé tutto quel che c'era da sapere su tizio o caio, dove tizio o caio erano il Guardasigilli dello Stato e questo bastava, perché non era mica poco. Ma comunque sia, sotto il ritratto della Severino, sta la cosa di cui il ministro è a guardia, il marchingegno simbolico dello Stato: il torchio che imprime sulle Leggi il Gran

Sigillo. Senza il Sigillo dello Stato, una Legge non ha vigore. L'usciere mi dice che quando vengono in visita le scuole, mostrano ai ragazzi come funziona: prende un foglio di carta, gira con forza e me lo restituisce. In rilievo, sulla carta, è rimasto impresso il Gran Sigillo.

Nella seduta di sabato 31 gennaio del 1948, sotto la presidenza di Umberto Terracini, l'Assemblea Costituente discute l'approvazione dell'emblema della Repubblica che dovrà dunque essere posto sul Gran Sigillo di Stato. L'onorevole Medi della Democrazia Cristiana interviene subito per dire che a lui quell'emblema non piace. Gli pare troppo complicato, e poi non si capisce cosa simboleggi quella ruota dentata.

Anche l'onorevole Di Fausto, sempre democristiano, avanza gli stessi dubbi: manca di sintesi ed è di dubbio gusto. L'onorevole Cremaschi, democristiano anche lui, gli fa eco: «Non mi pare vi sia la sinteticità necessaria». All'onorevole Corsini, che viene dal Movimento dell'Uomo Qualunque, l'emblema pare «una cosa comune, misera, come se ne sono viste a centinaia e centinaia in tutti i paesi e in tutti i villaggi». Concetto Marchesi, il latinista comunista, rincara la dose, con arguzia: «Ritengo che il nuovo emblema della nuova Italia non debba essere così copiosamente ghiandifero».

Non piace la ruota, insomma, ma neanche le ghiande. Altri poi si aggiungono a una disapprovazione che pare attraversare tutto l'arco costituzionale.

Quando ecco che l'onorevole Bettiol, ancora un democristiano, rovescia i termini della questione. Perché gli onorevoli colleghi fanno di questo un problema di natura artistica? Che c'entra l'arte con il Gran Sigillo della Repubblica? Non possiamo rimetterlo nelle mani degli artisti, dice il Bettiol, i quali hanno «fantasia bizzarra» e «di politica non capiscono quasi niente».

Ed è a questo punto del discorso che io, per quanto manchino ancora venti anni alla mia nascita, mi alzo in piedi, applaudo a piene mani e poi vado ad abbracciare il Bettiol. Chiedo scusa a Terracini, e a tutti i suoi onorevoli colleghi, padri costituenti, e prego il Bettiol di continuare: «È una scelta di natura politica» dice scandendo bene le parole, con l'indice alzato. E ha ragione. Si decida dunque prima su quali elementi simbolici i cittadini possano riconoscersi oltre le differenze politiche, poi ci si affidi agli artisti, che, lo ripetiamo, «di politica non capiscono quasi nulla».

Interviene allora il presidente Terracini, che fa un lungo discorso, molto ben calibrato nei toni, decisi ma non sprezzanti, e consono all'ufficio da cui viene proclamato, ma che in sostanza si riassume così: amici cari, sono diciotto mesi che ne parliamo di questo benedetto emblema, diciotto mesi. Possibile che non siamo ancora arrivati a una conclusione? Che poi, per carità, abbiamo la Repubblica e questa è la cosa importante. Ma uno straccio di emblema glielo vogliamo dare o no? Anche se Terracini lo dice molto meglio di così, perché è il presidente dell'Assemblea Costituente, e l'Assemblea Costituente è una cosa seria: «Dobbiamo porre un po' il freno alle nostre ambizioni del bello. Credo che qualunque emblema, quando ci abitueremo a vederlo riprodotto, finirà con l'apparirci caro».

Ma niente. L'onorevole Laconi, del PCI, insiste: non c'è arte in questo sigillo. I simboli andrebbero anche bene, ma è stato realizzato da un «professore di ornato». L'onorevole Conti, repubblicano, viene in soccorso di Terracini: stiamo dando il solito spettacolo, dice. Tanti discorsi per nulla. A lui, a Conti, del sigillo non gliene importa nulla: abbiamo la Repubblica, questo conta. Mettiamoci un po' quel che vogliamo nel sigillo, ma facciamola breve. Qualche altra scaramuccia. Riprende infine la parola Terracini: «Onorevole Laconi, quando lei riceverà un foglio bollato con sovrimpresso questo sigillo, lei si preoccuperà del contenuto della carta bollata, non certo del disegno che vi è stampato».

Dopo prova e controprova, è approvata.

Vicino ai cinquant'anni è come se la forza di gravità fosse diventata più forte. Tutto ciò che può essere fatto, richiede un piccolo sforzo aggiuntivo. E se uno volesse compiere un'azione anche semplice, come ad esempio alzarsi da una sedia, lo farebbe comunque, ma un attimo dopo, perché l'anticipazione immaginaria della fatica lo trattiene un poco più a lungo nell'immobilità. Il peso della realtà è diventato più gravoso, i pensieri stessi intorno alle cose così densi da non riuscire a staccarsi dal suolo. Diventiamo terra terra, per così dire. Vicini ai cinquant'anni, il Paese diviene il nostro Paese, senza che possiamo immaginarcene un altro dietro una svolta di strada. E questo riguarda tutto. Il lavoro, le storie d'amore, i rapporti personali, le amicizie, la vita delle famiglie, come se tutto fosse divenuto d'un tratto più difficile e, proprio per questo, più bisognoso di spiegazione e commento. Come se ogni decisione necessitasse all'improvviso di una lunga nota a piè di pagina, tale da doversela trascinare dietro a ogni passo, per cui, a rigore di logica, neanche potresti dire «buonanotte», senza spiegare perché e percome, e cosa intendi, e se era davvero il caso. Ma poiché, vicini ai cinquant'anni, non si ha più troppa voglia di parlare, ecco che invece si preferisce starsene zitti quanto più possibile. Ci sarebbero troppe cose da dire, meglio dunque non dirne alcuna. Quanto alla politica, bene allora confessare subito che questo aumento della forza di gravità si condensa in un lungo silenzio, dietro una svolta di strada che si apre sul Lungotevere dei Vallati. Su una Lancia blu, l'autista tace da protocollo. Solo l'agente di scorta mormora ogni tanto la sua nenia logistica all'auricolare, per accordarsi con l'auto gemella che ci segue a pochi metri, nel traffico ormai diradato di Roma notturna. Brevi istruzioni sussurrate, come «prendiamo per Ponte Sisto», o «ora diretti a Piazzale Ostiense», per chiudersi subito di nuovo in un silenzio vigile.

Così guardiamo fuori dal finestrino, come se al ristorante dove abbiamo cenato fossimo riusciti a dirci tutto quello che c'era da dire e adesso non restasse altro che starsene zitti.

Ceno con Andrea una volta ogni tanto. Finita la cena, stavolta, Andrea si è offerto di darmi un passaggio.

Appena salito sull'auto ministeriale però, Andrea è ridiventato il Guardasigilli e si è chiuso in un cupo mutismo, come se il fatto stesso di essere vicino agli uomini della scorta, blindato nella protezione dello Stato, dietro i vetri fumé, gli rendesse il parlare più faticoso di quanto non fosse al ristorante, dove invece riusciva ancora a ridere e scherzare.

Il supplemento di gravità di questi ultimi anni diventa allora palpabile a bordo della Lancia, addensandosi in una specie di nebbia sottile sospesa davanti agli occhi, tale per noi da non scorgere più qualcosa che rassomigli a un'intenzione, fosse pure semplice, o a un progetto, o comunque a qualcosa che potremmo per brevità chiamare "futuro". Del resto, dalla discussione che abbiamo intavolato a cena, è emersa chiaramente, sia per quanto mi riguarda sia per quanto riguarda Andrea, la certezza che il mondo non sia perfettibile. Mentre però Andrea ha lasciato intendere che, a suo avviso, il mondo è decisamente migliorabile, io sono restato fermo nella mia convinzione che il massimo che possiamo fare alla nostra età, ciascuno per la sua natura e per i compiti che gli sono stati assegnati, è spostare l'apocalisse di qualche giorno. «Tuo compito come Uomo di Stato» ho detto ad Andrea «è fare come quel bimbo della favola che tiene il dito nel buco della diga per salvare l'Olanda dalla piena d'acqua che sta per travolgerla.»

Allora siamo restati in silenzio per un po'.

«Non dirlo a nessuno che siamo cugini» mi ha detto d'un tratto.

«Va bene, come vuoi… ma perché scusa? Non credo di aver fatto niente che potesse metterti in imbarazzo» ho detto.

«Ma figurati, che c'entra?» ha sbottato. «È il contrario... di questi tempi, un parente che fa il ministro e sei rovinato, non voglio che tu abbia noie per colpa mia.»

«Ma noi in famiglia siamo tutti molto orgogliosi di te...»

«Sì, vi ringrazio, ma metti che vinci un premio, o ti recensiscono su "Repubblica", poi tutti a dire che è grazie a tuo cugino.»

«Grazie un cazzo cugino, diciamoci la verità, tu per me non hai mai fatto nulla. Magari, sai... che so, un posticino in una fondazione, un consiglio di amministrazione, insomma una sinecura, come si sarebbe detto un tempo, non mi sarei mica offeso... invece nulla.»

«Vero» ride.

«Appunto, e quindi guarda, ti ringrazio tanto della premura che ti fa onore, ma chi se ne frega. Il conto del ristorante invece lo paghi tu.»

Il problema delle cene con il Guardasigilli è che tendo sempre a eccedere col vino, ed è forse anche questo il motivo per cui stavolta Andrea si è offerto cortesemente di accompagnarmi in stazione.

Così, mentre lui mantiene quella sobrietà grigiolucido che lo distingue nella variopinta compagine di governo, a me gira la testa e, per non cadere nel precipizio dell'ebbrezza, getto fuori lo sguardo dal finestrino. Ma d'un tratto rompe un silenzio che sembrava secolare, proprio mentre incrociamo Piazza della Bocca della Verità, per chiedermi come stanno. «Come stanno i tuoi?» mi chiede. A cena non ne abbiamo parlato, in effetti. «Mah, mio padre non sta bene, un tumore all'intestino...» gli dico. Allora lui, che ha chiuso un attimo gli occhi, dice: «Oddio no! Mi dispiace tanto. Posso fare qualcosa? Pensi che sia il caso che venga a trovarlo?». «Gli farebbe sicuramente piacere, stravede per te» rispondo.

(n.d.a. Mentre scrivevo queste righe mi sono reso conto del potenziale politicamente esplosivo di questa storia: il Guardasigilli avrebbe dunque usato l'auto blu per accompagnarmi alla stazione, la qual cosa assumerebbe i contorni di un vero e proprio scandalo in quanto ennesimo esempio di abuso della Casta dei Politici a danno dei cittadini che si chiamano Legione, perché sono tanti e non si fanno più fregare da nessuno. Mentre scrivevo queste righe mi sono dunque chiesto se non fosse meglio omettere questo dettaglio per salvaguardare l'onorabilità del Guardasigilli. Poi mi sono detto che un Paese nel quale un cristo, ancorché ministro, non può far fare una deviazione di tre minuti alla scorta blindata con cui è costretto a convivere ogni giorno

dalla mattina alla sera per accompagnare suo cugino alla stazione, come sarebbe concesso a qualunque altro cristo, è uno schifo di Paese, e noi non vogliamo vivere in uno schifo di Paese, giusto?)

Credo che la vita del Guardasigilli sia molto complicata. Ha un cellulare che suona ogni due minuti, un segretario e un'addetta stampa che non lo mollano un attimo, se vuole entrare in un bar deve avvisare la scorta, ogni giorno viene insultato e minacciato da centinaia di matti su Facebook che gli danno del mafioso, per quanto a firmare i 41bis sia lui e non i matti su Facebook. Se parla con una donna la foto finisce online dopo dieci minuti. Se dice X i magistrati si incazzano, se dice Y si incazzano lo stesso.

Credo tuttavia che il Guardasigilli sapesse esattamente la fine che vuole fare già quando aveva dodici anni e faceva il volontario alle feste dell'Unità di La Spezia. Credo, in altri termini, che la fine che fa il Guardasigilli, ovvero quella di un uomo che non ha più una vita sua e che deve misurare con attenzione ogni passo e ogni parola, sia esattamente quella che desiderava sin da quando era un ragazzino, almeno per come me lo ricordo. Tutto il contrario di me, insomma, che non solo non avevo idea della fine che avrei fatto, ma che, anzi, per non fare una fine quale che fosse, ho cercato ogni volta di prendere la via più tortuosa possibile, pur di non arrivare mai davvero da nessuna parte, illudendomi così che bastasse sviare continuamente per non essere finalmente messo con le spalle al muro da una fine quale che fosse.

Pare insomma che il Guardasigilli abbia continuato a giocare la sua partita di minigolf, accettando il fatto che di buca in buca il percorso si facesse più difficile e insidioso, mentre io, a un certo punto, ho cominciato a tirare la pallina a casaccio nonostante sapessi che mancavano soltanto dieci minuti e poi saremmo dovuti tornare a casa, dubitando del fatto stesso che ci fosse un luogo in cui mi sentissi a casa davvero.

Così dunque, mentre le complicazioni della vita del Guardasigilli dovrebbero essere facilmente immaginabili, la complicazione essenziale della mia vita, per la fine che faccio, deriva dal sentire di essere esposto alla realtà senza scorta, magari barcollante come adesso che la Lancia ministeriale mi ha lasciato nel piazzale della Stazione Ostiense.

Nel mio caso, meglio, la complicazione deriva dalla varietà di mondi fra loro lontanissimi e irrelati che devo attraversare, ogni volta, nel giro di poche ore, pur avendo sempre la stessa faccia e magari lo stesso vestito addosso.

Come adesso che devo prendere l'Intercity Night di mezzanotte, come spesso mi capita, passando dall'alta carica dello Stato al puzzo di piedi di chi viaggia ammassato nelle carrozze senza biglietto, senza soluzione di continuità.

Così, qui sul binario, guardo una donna con la bocca rifatta e impastata, e la borsa LV cinese, i sabot tacco dodici, la gonna di pelle con un lungo spacco che le arriva quasi al probabile perizoma, incerta nel procedere, ma sorretta da quello che pare essere suo marito, un ometto tarchiato con il volto squadrato e una specie di smorfia rassegnata stampata sulla faccia. E lei che gli urla biascicando: «Cornuto, so' la reincarnazione de' Cleopatra... che te credi... Cornuto!». E lui che dice: «Sì, andiamo... attenta a dove metti i piedi». «Ma sta' attento tu, cornuto! Io so' Cleopatra, che te credi.» Perché l'amore si dice in molti modi.

E anche l'amore, io credo, come tutto, riguarda alla fine il potere della forza di gravità, per cui anche l'ometto tarchiato ha perfettamente chiaro come il suo unico compito sia quello di spostare l'apocalisse di sua moglie di qualche minuto, sorreggendola perché la gravitazione universale non la faccia cadere sui binari, almeno fino a quando saranno entrati nello scompartimento dell'Intercity Night.

Nello scompartimento dell'Intercity Night, tre donne tunisine, madre figlia e nipote, si sono sdraiate l'una accanto all'altra, come potevano. In una specie di abbraccio, di groviglio di corpi, che dimostra una consuetudine a questi viaggi di fortuna e all'angustia degli spazi. La bambina rinchiusa e protetta fra le gambe della madre e le braccia della nonna. Ritratto più che posso in un angolo accanto al finestrino tiro fuori dalla borsa i due regali che mi ha fatto il Guardasigilli. Un paio di calzini Gallo, a righe variamente colorate dal bordeaux al blu, e un opuscolo dal titolo *Togliatti Guardasigilli*. Si tratta di un discorso che lui stesso ha tenuto alla Sala del Cenacolo della Camera dei Deputati qualche giorno prima. È la notte del 20 dicembre, abbiamo, ciascuno secondo la sua funzione, atteso alle ultime incombenze prima che le feste ci lascino tracollare sui lunghi e lenti divani di famiglia. Ma intanto osservo che i calzini Gallo e l'opuscolo su Togliatti devono essere considerati come le due parti di un testo unico che va rimesso insieme prima di essere decifrato. Come se il Guardasigilli mi avesse consegnato, nello stesso pacchetto, un memoriale allusivo e discreto, affidandomi l'incarico di tradurlo in volgare. Come se i calzini Gallo fossero la nota a piè di pagina dell'opuscolo su Togliatti, o persino viceversa. Ma la sostanza è che il Guardasigilli ci tiene a farmi sapere, con questi due doni, tutta una complicata serie di cose che, di fatto, riguardano la circostanza di essere entrambi sulla soglia dei cinquant'anni e di sentire così il supplemento gravitazionale che affligge tutta la nostra generazione. Ma io penso che riguardino anche il posizionamento stesso del Guardasigilli nella compagine di governo, di cui lui sarebbe per così dire l'elemento più radicato nella tradizione, percepito quindi da molti come residuo di un mondo in bianco e nero, lo stesso da cui emerge proprio la foto di Togliatti che illustra la copertina dell'opuscolo. E tuttavia la foto scelta dallo stesso Guardasigilli ritrae un Togliatti sorridente, di un sorriso quasi cinematografico, forse addirittura americano. Un sorriso da tempo di pace, volto a rassicurare chi temesse vendette giudiziarie ora che un comunista è arrivato al governo. Per contro, i calzini Gallo con le loro righe colorate alludono sicuramente a un bisogno del Guardasigilli di liberarsi dalla rigidezza formale di quella tradizione, magari non in prima persona, ma vicariamente, tramite me che, in qualità di cugino scrittore, o artista, o gabbamondo, posso indossare calzini a righe con pieno diritto. Il regalo dei calzini sarebbe allora la testimonianza della volontà del Guardasigilli di confermare adesione al patto di Governo che ha portato lui e il Presidente del Partito ad appoggiare il

Presidente del Consiglio, il cui carisma si fonda invece proprio su una spontanea adesione alla modernità, per come si rivelò al Paese durante la sua apparizione ad *Amici* con un giubbottino di pelle. In quel paio di calzini ci sarebbe dunque il segno della distanza che separa ormai il Guardasigilli dalla minoranza del Partito che osteggia il Presidente del Consiglio. Nell'opuscolo su Togliatti, al contrario, ci sarebbe invece il tentativo di svuotare quella stessa minoranza di ogni diritto di successione rispetto a quella tradizione di cui il Guardasigilli reclamerebbe a sé il diritto ereditario, relegando così la minoranza nella dannazione dei figli di nessuno: "*extra ecclesiam nulla salus*", fuori dalla Chiesa non vi è salvezza. La Chiesa resta la Chiesa anche quando sbaglia, chi va fuori dalla Chiesa invece sbaglia sempre e non è più niente e nessuno.

La nonna sta sognando, parla in arabo nel sonno. Il suo agitarsi ridesta prima la nipote e poi la figlia, che, spaurita, prima mi scalcia e poi mi chiede scusa. Difficile dire se il sogno della nonna abbia acceso e trasmesso un'inquietudine alla sua discendenza, come parte di un sogno familiare e condiviso, o se sia stato semplicemente il rumore dei suoi lamenti. Ma io sono felice che queste tre donne abbiano dormito nello stesso scompartimento dove sto vegliando: mi è parsa una specie di considerazione benevola. Ma fosse stata anche indifferenza, guadagnarsela in queste ore in cui i cani dormono e si aggirano i lupi mi vale come una specie di patente da innocuo poverocristo. Allora la figlia mi chiede dov'è che siamo. Ma io non lo so dove siamo, perché dal finestrino non si vede niente. Solo campagna di notte, e luci rade e remote. Forse Tarquinia o già Montalto. Comunque lontani da tutto.

4
Pastorale

Nettlefold & Sons Ltd.
163, Euston Road
NW1 London

To whom it may concern.

Dear Sir/Dear Madam, chiunque voi siate, se vi riguarda. *With reference to your catalogue for Autumn 1938,* avrei da fare un ordine, *to place an order,* un ordine qualunque nella mia vita mentre sto facendo una fine, per una fornitura di questi vostri splendidi lucchetti Yale disponibili in vari modelli e cromature.

No. 2171
Solid Die Cast Body. 2-Keyed.
Chromium Plated.

YALE No. 713   714   715
1½   1¾   2 in.
46/9   53/7   60/9 doz.

Vorrei metterli al cancello verde di questa casa enorme e cadente dove mi sono trasferito nell'autunno del 2017, e al portone di ingresso, e infine alla porta del mio studio. Nella speranza che questa mia vi trovi ancora lì, a Euston Road, *I should be grateful for delivery by the end of the end*, sarei grato se me li consegnaste entro la fine della fine, in modo che nel frattempo gli spettri del mondo restino fuori quanto più possibile, perché da quando questo tempo è scardinato, da quando *the time is out of joint*, come dice il vostro Shakespeare, gli spettri penetrano dalla sconnessione delle porte e niente mai sembra passare davvero. Spero insomma che, nelle stanze vuote dei vostri vuoti magazzini di Euston Road, lo spettro del commesso viaggiatore possa giungere a recarvi il mio ordine per questi lucchetti *solid die cast body*, dal solido

corpo pressofuso nel crogiuolo degli anni, poiché penso che niente meglio di questi lucchetti trapassati possa chiudere fuori dalla mia proprietà i *trespassers*, i trapassati trapassatori, gli intrusi che continuano a filtrare dal passato nelle sconnessioni del presente.
Yours faithfully,

firma in calce

Ora abitiamo in campagna. In una casa antica e cadente, troppo grande per due persone. Con troppe stanze e troppo giardino. Non ci bastavano più i soliti centometri quadri da arredare in città. No, dovevamo arredarne il triplo.

Così adesso dobbiamo girare per mercatini dell'antiquariato, rigattieri, siti internet, per arredare a morte ogni singolo centimetro quadrato di questa casa antica e cadente, poiché il senso che ci siamo dati consiste soprattutto nel ristrutturare e arredare case, una dietro l'altra, ché appena una casa è ristrutturata e finita, la cambiamo e ne prendiamo un'altra, per ricominciare tutto daccapo. Anche se questa volta io spero che ci metteremo più tempo a finire di arredare a morte tutta la casa, stanza per stanza.

Ad esempio, stiamo ancora discutendo sulle lampade e non pare che arriveremo presto a un accordo. Abbiamo preso una Tatì della Kartell per il bel servante in radica di metà Ottocento, ma non sappiamo se l'Arco dei fratelli Castiglioni le possa fare da valido contraltare, qui in sala, dove su una pelle di mucca (il country chic, sapete) si possono ammirare due sedie BKF rivestite di pelle color cognac, perché non vorremmo mai eccedere col moderno, per quanto certo il severissimo fortepiano a coda si stagli dal fondo della stanza a contrafforte di ogni eccessiva indulgenza verso il design. Troppo design, credetemi, è sempre un po' cafone. Così, ad esempio, una vecchia lampada da travet e non la Tolomeo di Artemide illumina, sulla scrivania del mio studio, una copia di *Lincoln nel Bardo* di Saunders, fresca di stampa e aperta a metà. Ma che applique mettere in bagno, che tipo di lampadario stia meglio sopra il grande tavolo in sala da pranzo, è ancora oggetto di discussione. Per non parlare della camera degli ospiti, del bagno di servizio, della cucina al piano terra: ne discutiamo ogni sera, prima di accendere la tv e immergerci in una storia che non è questa.

Però stavolta ho detto a mia moglie che dall'esilio non voglio muovermi mai più. Anzi, visto che sto facendo una certa fine che non ho ancora capito quale sia di preciso, ma che pure sto facendo di sicuro, sono andato al cimitero e mi sono informato per comprarmi un posto. Qui del resto è tutto molto vicino. Anche il cimitero è vicino a questa casa antica e cadente: a piedi saranno cinque minuti (per quanto poi, quando ci vai davvero, al cimitero, in genere ti ci portano su un carro a motore). Mi compro il posto al cimitero di questo paesino delle colline pisane in modo che mia moglie capisca che da questa casa antica e cadente non ho intenzione di muovermi mai più. Io, ho detto a mia moglie, voglio fare la fine che faccio esattamente qui, in questa casa antica e cadente. E se quando stavamo in città avevamo riempito centometri di cose silenziose, adesso abbiamo quasi trecentometri da riempire di cose silenziose, per cui sono certo che non basteranno i quattro anni che ci occorsero a riempirne cento, ma ce ne vorranno molti di più. Abbastanza perché la fine che sto facendo possa finire di farla in corso d'opera. Anche se, certo, rimane la domanda intorno a cosa ne sarà di questa casa antica e cadente dopo che l'avremo arredata a morte e, almeno io, avrò fatto una certa fine. Dovrei scrivere un testamento, immagino. Devo ricordarmi di fare testamento uno di questi giorni. Ma intanto ci siamo ambientati, integrati nella vita del paesello, e troviamo entrambi che la vita nel paesello, anche mentre si fa una fine, sia infinitamente migliore di quella che si fa facendo una fine in città.

Qui la vita è comoda. Lenta. Ci si adagia, per così dire, si lascia che il tempo passi, seduti al bar o in giardino. Da un po' di mesi infatti mi sveglio al mattino e sono già stanco. Vado a letto stanco e penso subito a quando ci tornerò, ma nel frattempo è tutto un traccheggiarsi.

Gli indigeni qui sono cordiali, benché certo abbiano un loro sistema di usanze e valori che bisogna conoscere e rispettare se si vuole far parte della comunità.

Così, ad esempio, con le nostre cose ancora per metà negli scatoloni, io me n'ero uscito a fare due passi fino alla piazza dei platani, dove sorge la chiesa del paesello. E mentre camminavo pensando ai fatti miei ecco che ero stato fermato da un signore canuto, in ciabatte, che frascheggiava su una delle panchine:

«Ma è lei che ha comprato la casa dei C***?».

«Sì, sono io, tanto piacere, Lenzi» e gli avevo dato la mano.

«Bene, una bella casa...»

«Sì, davvero... io e mia moglie ci siamo trasferiti proprio qualche giorno fa.»

«Bravi... e venite dalla città vero?»

«Sì, ma qui è più bello no?»

«Diamine! Mi fa piacere, avete fatto bene... Però senta una cosa...»

«Dica pure.»

«'un siete mica verdi vero lei e la su' moglie?»

«Verdi? Mah, no, non direi.»

«Bene! Perché vede, i verdi in città vanno anche bene, per carità... Ma qui in campagna rompono parecchio i coglioni, mi capisce?»

Lo capivo.

Dall'alto del timpano della chiesa, lo sguardo severo di San Barbecue, protettore delle grigliate, mi ammaestrava sullo spirito del luogo. Ci sono cose su cui qui non si scherza.

La verità è che a partire da certe avanguardie degli anni Settanta, in genere autonomi scappati da Roma con la Digos alle calcagna che si ritiravano dalle parti di

Pitigliano a lavorare la creta e fare il pane con esiti molto approssimativi, dagli anni Ottanta in poi c'è stata una corsa dei cittadini ad accaparrarsi a peso d'oro quelle stesse case da cui i contadini erano fuggiti a gambe levate a partire dagli anni Cinquanta.

Il ritorno dei cittadini nel contado ha però portato con sé l'inevitabile aspirazione dei miglioratori del mondo a migliorare anche la campagna nella quale erano andati a vivere. Da allora, gli ex cittadini o neovillici hanno cominciato a proiettare sulla campagna una loro idea della stessa molto diversa dall'idea che ne aveva chi ci aveva sempre vissuto.

Giunti dunque in campagna in polemica con la disumanità che attribuivano alla vita di città, i miglioratori del mondo, generalmente più danarosi dei contadini, hanno cominciato così una sistematica opera di idillizzazione del contado, cercando di piegarne in ogni modo usi, costumi e pratiche ai dettami di una confusa ideologia i cui ispiratori sono sicuramente Walt Disney, Vandana Shiva e la pubblicità del Mulino Bianco.

Per quanto, specie in Toscana, gli indigeni siano oramai relegati a un ruolo del tutto marginale, confinati nelle loro riserve, gli ex cittadini sono disposti a tollerare la loro presenza purché abbiano l'accortezza di dimostrarsi pittoreschi, tipici, proverbiali.

Ridotti a figurine del presepe, indottrinati al biologico e al chilometro zero, qualcuno resiste come può, ad esempio rivendendoti come allevati a terra certi polli di batteria comprati il giorno prima al supermercato, o spacciandoti per nostrani porcini radioattivi che vengono da est.

Io stesso del resto non sono completamente esente dalle idee sciocche sulla campagna degli ex cittadini e dalla proiezione idilliaca della vita rustica. Nel mio caso devo tuttavia confessare una certa indulgenza alla fantasticheria di spiedi carducciani e all'abbondanza di sostanziosi *arrosti morti* e, al venerdì, che è di magro, un bel baccalà mantecato che i francesi chiamerebbero con enfasi *brandade de morue*, da *brandir* – spiega l'Artusi – "brandire", come se per fare il baccalà dovessero convenire i migliori spadaccini di Francia, e insomma, tanto nome per così poca cosa, che però, chiamala un po' come ti pare, è buona assai. Infine patate al forno, vinelli giovani («pan d'un giorno, vin d'un anno, sposa di venti» sentenziavano i contadini di queste parti a descrivere il paradiso terrestre), succose pesche di Lari e insomma tutto un bengodi tardo ottocentesco di cui pregustavo la delizia allorché ci eravamo presentati alla signora Lina, la nostra vicina di casa, una vecchia contadina che era di certo depositaria di una sapienza antichissima nell'arte dei sughi e degli intingoli e che già mi vedevo assoldata per la preparazione di cene con ospiti di riguardo.

Così, man mano che eravamo entrati in confidenza e Lina si era rivelata per quello che è, ovvero una vecchia nonna dolcissima e acciaccata dagli anni, premurosa di non recare disturbo ma sempre pronta a tendere la mano al bisogno, ecco che mi ero permesso di buttare lì un complimento interessato: «Eh, chissà come cucini bene te, cara Lina...».

«Mah, cosa voi che ti dica... cucinare cucinavo bene sì, finché era vivo il mi' povero marito... Sai, era una bocchina lui, non lo contentavi facile...» e rideva con la malizia di una bambina che avesse detto una cosa appena sopra le righe.

Io allora annuivo con gran trasporto di comprensione, ma quella finiva dicendo: «Ora 'un cucino più... sì, una minestrina la sera per me, ma 'un n'ho più punta voglia».

Evabbè, pensavo, svanisce il sogno di vedermi la Lina aggirarsi in cucina come cuoca delle grandi occasioni, ma potrò almeno contare su di lei per qualche buon consiglio.

Così venne il giorno in cui il vecchietto che avevo rassicurato sulla nostra scarsa sensibilità ecologista mi fece dono di un chilo di cinghiale fresco di mattanza.

Si recò allora mia moglie in missione da Lina, cercando di far leva sull'antica sorellanza delle donne che poverine cucinano e i mariti non sono mai contenti (per quanto in realtà io non mi sia mai lamentato di nulla e cucini più spesso di mia moglie, ma a Lina era meglio non dirlo).

«Allora, Lina, come lo faccio 'sto cinghiale...»

«Mah, bimba... fallo in umido...»

«Eh sì, ci avevo pensato anch'io... ma te come lo fai?»

«Ah... mah... mi veniva anche benino il cinghiale, sì! Ma sono tant'anni che 'un lo cucino più... cosa vuoi, da quando 'un c'è più il mi' povero marito...»

«Ma insomma qual era il tuo segreto per farlo buono, Lina?»

«Boh, bimba... 'un me lo ricordo mica sai... cosa vuoi che ti dica...»

Mia moglie mi ha detto che Lina sembrava davvero dispiaciuta di non poter essere di aiuto. Finché a un certo punto non le è tornato quel sorriso da bambina: aveva trovato una soluzione.

«Sai cosa poi fare, bimba? Te lo dico io... guarda un po' sull'internèt!»

Mia moglie mi ha detto che allora si è alzata e l'ha abbracciata forte.

L'idillizzazione della campagna toscana da parte dei paesani di ritorno è comunque alla base del fatto che nel paesello viga una rigorosa raccolta differenziata della monnezza.

Per la consueta ironia della storia, quindi, mentre nella città in cui il Partito è stato mandato all'opposizione con l'ambizioso progetto di seminare un prato al posto dell'inceneritore, la raccolta differenziata è ancora in fase di sperimentazione (motivo per cui è lecito immaginare che passeranno molti anni prima che il leone possa giacere accanto all'agnello su quel prato), qui al paesello, dove ancora governa il Partito, la raccolta differenziata si pratica ormai da anni. Anche io e mia moglie, adesso, ne osserviamo la liturgia dei giorni: lunedì la carta, martedì il multimateriale, mercoledì e sabato l'organico ecc.

Dice che è noioso solo all'inizio, ma che poi uno impara e ci fa l'abitudine: non è vero. Resta noioso per sempre. Resta una grandissima rottura di coglioni, per sempre.

Credo che il successo della raccolta differenziata vada indagato davvero, perché non è immediatamente comprensibile come si sia potuto convincere strati sempre crescenti di umanità a cernere con pazienza ogni giorno gli scarti del vivere, nella consapevolezza, peraltro, che questa paziente opera di differenziazione sarà sempre necessariamente approssimativa.

Penso al vasetto di yogurt: a rigore dovremmo prima racimolare col dito la parte organica. Poi andrebbe lavato, e messo nella plastica. Certo, come no.

Ma questo rassegnarsi alla scienza della monnezza da parte di strati sempre crescenti di popolazione credo derivi solo in parte dal timore delle sanzioni che toccano ai trasgressori.

Potrebbe trattarsi piuttosto della sensazione di essere utili a una comunità astratta, a un consorzio umano che, non esistendo di fatto più, si fa ideale destinatario di una specie di offerta votiva accuratamente scomposta e ricomposta per categoria.

Oppure, se uno (che non sono io) pretendesse ancora di smascherare le cose, di vedere quel che c'è dietro le cose come appaiono, potrebbe persino immaginare che la raccolta differenziata faccia parte di quel progetto più generale di cui fanno parte anche i mobili dell'Ikea, l'home banking, i self service alle pompe di benzina ecc., insomma tutto quel variegato e pervasivo mondo del fai da te che cerca di tenerci continuamente occupati in qualche modo pur di non farci accorgere che, di fatto, non serviamo più assolutamente a nulla, che non abbiamo più assolutamente nulla di utile da fare, perché il sistema produttivo tende a estrometterci sempre più dal circolo di produzione e distribuzione delle merci.

Da questo punto di vista, oramai solo consumatori, la nostra sapienza ultima consisterebbe nel riconoscere e archiviare accuratamente gli scarti del nostro abuso.

In ogni caso, è evidente che non tutti sono adatti a sopravvivere in questo nuovo mondo dominato dall'amministrazione del residuo. Mia moglie ad esempio è un po' più adatta. Io un po' di meno.

Da quando sto nel paesello di campagna, ho capito che non solo è più facile intuire la fine che fanno gli altri piuttosto che quella che si fa in proprio, ma anche che, in fondo, far fare agli altri la fine che fanno richiede soltanto poche mosse semplici e infallibili.

Si comincia guardando la rubrica del cellulare, pensando che è davvero tanto tempo che non sentiamo più X. E allora perché non mandare un messaggio a X? Perché non fargli una telefonata? Ma sì, giusto! Non ora però, la faccio domani quella telefonata a X. Poi arriva domani ma a X non ci penso più, e chissà quanto tempo passerà prima che ci pensi di nuovo. Nel frattempo X avrà deciso che sono un po' uno stronzo, perché non mi faccio mai sentire, e che insomma, ma chi mi credo di essere? E sai che c'è? pensa X. Io quello non lo chiamo più. Si comincia tenendo in mano il telefono che squilla: è il caro amico Y. Guardo il telefono che squilla e lo lascio squillare. Poi tolgo proprio la suoneria, così vedo quando chiama Y, perché lo schermo si illumina e il telefono vibra. Non rispondere a Y però così è diventato ancora più facile. Anche Y, alla fine, pensa che se mi interessa parlare con lui, be', posso anche richiamarlo. E infatti io stesso mi dico che magari lo richiamo domani, perché sia chiaro, io a Y gli voglio bene. Solo che poi domani non ci penso più, non me lo ricordo più. Così anche Y decide che sono proprio uno stronzo, e chi mi credo di essere? E sai che c'è? pensa Y. Io quello non lo chiamo più. E Y non chiama più, proprio come X. Poi succede anche con una cara compagna di liceo (siamo cresciuti insieme, quanti ricordi!). Succede che mi chiama e io rispondo. Così ci diamo appuntamento in città, sul lungomare, per prendere un aperitivo e fare quattro chiacchiere, alle sei di un venerdì pomeriggio. Ma arrivano le sei, e poi le sei e un quarto, e io che fine ho fatto? Ma dove sono finito? Allora la cara amica del liceo (quanti ricordi!) mi manda un messaggio, ma io non rispondo. Sono le sei e mezza e sai che c'è? pensa la cara amica del liceo. Io quello non lo chiamo più.

Che fine ho fatto alle sei e mezza? Niente di che, mi

sono addormentato sul divano, perché non mi ricordavo che dovevo vedere la cara amica del liceo, e sia chiaro che le voglio anche bene, per tutti quei ricordi di quando crescevamo insieme. Naturalmente, le mando un messaggio di scuse. Ma la cara amica del liceo non chiama più, proprio come X e come Y, proprio come tutti. Si comincia così e si fa presto. Nel giro di qualche mese non si sa che fine facciano tutti, per quanto è certo che io abbia contribuito a far fare a tutti la fine che hanno fatto, qualunque essa sia. Mi consola il fatto però che, senza di me, possano fare magari una fine migliore.

Se fossero poi davvero amici, o conoscenti, o semplici relazioni, non lo so, ma non ci sono più. Svaniti. Molti credo siano rimasti su Facebook, vivono lì. Anche i comunisti. Tutti i miei amici comunisti vivono nella porzione comunista della repubblica di Facebook, che è un contenitore di tanti mondi irrelati l'uno con l'altro, perché grazie all'algoritmo della consolazione ciascuno può illudersi che tutto il mondo gli somigli e non ci sia altro mondo se non il suo. Così, tutti i miei amici comunisti vivono nella porzione comunista di Facebook e lavorano per Facebook, gratis, dieci ore al giorno. Mirano a far emergere, su Facebook, le contraddizioni di Renzi, che dice di essere di sinistra ma in realtà è soltanto "un servo del turbocapitalismo", oppure stigmatizzano le politiche predatorie di questo o quel governo straniero al soldo delle multinazionali, oppure si mobilitano, su Facebook, contro lo sradicamento di certi ulivi in Puglia, oppure di nuovo contro Renzi, che dice di essere di sinistra ma è evidente che rappresenti il nucleo essenziale del male del mondo, rimosso il quale questo Paese certo potrebbe finalmente indirizzarsi verso la giustizia e la pace sociale. Lo dicono su Facebook, dieci ore al giorno, gratis. Tutti i miei amici comunisti lavorano gratis dieci ore al giorno per Mark Zuckerberg che possiede un'azienda del valore di 45 miliardi di dollari proprio perché riesce a far lavorare tutti gratis, dieci ore al giorno. Così, mentre Mark Zuckerberg si compra una casa da 22 milioni di dollari o un jet privato, o cita Virgilio (perché Zuckerberg, che certo non è uno stolto, ama i classici) i miei amici comunisti lavorano per lui gratis come content provider di Facebook. Loro, i miei amici comunisti, forniscono cioè i contenuti su cui altri comunisti mettono mi piace e non importa affatto cosa si dicono su Facebook, purché lo dicano e l'algoritmo della consolazione posizioni la loro bacheca nella parte di mondo in cui si sentono più a loro agio: che quello che scrivono poi sia *content* o *discontent* non importa, purché provvedano a postarlo, incessantemente, dieci ore al giorno, gratis.

Ora, come un tempo era noto anche ai miei amici comunisti, il plusvalore, che è a fondamento del sistema capitalista che sognano di abbattere, si esprime per Marx nella formula:

$$Pv = L - V$$

Dove L sta per il lavoro necessario a produrre una merce e V sta invece per la quantità di lavoro necessaria a riprodurre la forza lavoro. In sostanza dunque se in una giornata di otto ore ne servono quattro per produrre merce vendendo la quale il capitalista guadagna il necessario per ripagare l'operaio ecco che le quattro ore restanti costituiscono il plusvalore, ovvero quel valore eccedente che, espropriato all'operaio, finisce tutto nelle tasche del capitalista. Ora, per aumentare il plusvalore, il capitalista in passato aveva davanti a sé due opzioni, facilmente desumibili dalla formula appena vista: allungare la giornata di lavoro o aumentare la produttività. Salari da fame e turni interminabili erano dunque i rimedi comunemente adottati da quei grassoni in frac col sigaro in bocca e il malloppo in mano che gozzovigliavano sulle macerie umane della rivoluzione industriale.

Ecco però che adesso, anche grazie agli amici comunisti su Facebook, il capitalismo trova una nuova formidabile soluzione per massimizzare il saggio di profitto, semplicemente facendo sì che il lavoratore, ancorché comunista, produca contenuti per dieci, ma anche dodici, o anche quindici ore, su base completamente volontaria e gratuita, senza quindi che il capitalista debba tirarsi fuori di tasca neanche un centesimo, dal momento che il necessario al suo sostentamento verrà fornito dallo Stato in forma di stipendio (nel caso dei dipendenti pubblici), o in forma di pensione della nonna (nel caso degli artisti), o infine persino dalle tasche di altri capitalisti più vecchio stampo che invece si ostinano a pagare chi lavora per loro. In ogni caso però, comunque i content provider riescano a trovare i mezzi di sostentamento, è necessario che V non pesi sui bilanci dell'azienda da 45 miliardi di dollari di Zuckerberg ma su quelle di qualcun altro, chi non importa, purché se ne faccia carico.

Dove siano finiti tutti, non lo so. Molti, dicevo, sono rimasti su Facebook, io invece sono andato via da tempo perché non sono comunista, è vero, e tuttavia non capisco come si possa lavorare gratis per dieci ore al giorno. Perché cioè uno debba mettersi lì, ogni giorno, a dire quel che pensa di questo o quello, gratis, per dieci ore, in attesa che qualcuno metta mi piace al suo piccolo sforzo narrativo, e senza che neanche una volta, dico una volta, per gli anni che sono stato lì, Mark Zuckerberg avesse avuto il riguardo di mandarmi due righe. Così, giusto per dirmi ciao, mi sono comprato una villa da 22 milioni di dollari e, nel tuo piccolo, è anche un po' merito tuo, quindi grazie, saluti a casa e continua così, mi raccomando. E invece niente, per tutti gli anni che ho lavorato gratis per lui, tre, quattro, non ricordo, neanche una riga, neanche un grazie, neanche un ciao. Nulla. E così trovo sconcertante che tutti i miei amici comunisti, loro sì, comunisti veri, continuino a lavorare gratis per Zuckerberg anche se Zuckerberg non li ha mai degnati neanche di due righe, che, per carità, non dico dovesse scriverle proprio lui, andava bene anche un computer che lo facesse al posto suo, ecco, ma sarebbe bastato il pensiero. Ed è tanto più sconcertante, a pensarci, proprio in ragione della mitomania su cui tutto questo incessante lavoro si basa, tale per cui nell'arco di una giornata uno può tranquillamente smascherare Renzi come emissario della finanza internazionale, denunciare la trattativa Stato-Mafia, rifare la formazione della nazionale di calcio, coltivare l'hobby dell'immunologia disquisendo sull'utilità o il danno dei vaccini, e di ogni altra pagliuzza, senza accorgersi della trave contro cui sta sbattendo la testa da dieci ore, un giorno dopo l'altro, senza vedere un centesimo. Ovvero il fatto che, in buona sostanza, quello che lui pensa o scrive serve solo ad aumentare il valore dell'azienda da 45 miliardi di dollari di Zuckerberg, senza vedere un centesimo.

Ora, non essendo io comunista, ma affetto da mitomania come tutti, voglio dire che stimo moltissimo Mark Zuckerberg (per quanto un barlume di sanità mentale mi faccia dubitare del fatto che a lui possa importare qualcosa di questa mia attestazione) per mille motivi, ma soprattutto perché è riuscito nell'impresa di far lavorare gratis, dieci ore al giorno, e per la causa del turbocapitalismo, anche tutti i miei amici comunisti.

Così, anche grazie al loro contributo, unito a quello dei nazisti dell'Illinois, dei vegani, dei piddini, dei grillini, delle mamme dei figli che vinceranno sicuramente il Nobel, dei rockettari, dei tatuati, dei miciofili e dei cinofili, dei fasci, degli juventini, degli organizzatori della sagra del baccello, e di ogni altro segmento di mondo organizzato dall'algoritmo della consolazione, Mark Zuckerberg si è comprato una casa da 22 milioni di dollari e cita spesso Virgilio. A quanto si legge, pare che il verso preferito di Zuckerberg sia questo, tratto dall'*Eneide*: "*forsan et haec olim meminisse juvabit*": forse un giorno ricordare tutto questo ci farà bene. Che in effetti è un verso magnifico, e siccome Mark Zuckerberg non è affatto uno stolto, se ne è accorto subito, l'ha mandato a memoria e lo cita spesso quando lo invitano a parlare ai convegni in qualità di uomo potentissimo della Terra.

Ora io non sono comunista, è vero, ma un po' mitomane sì, come ormai siamo tutti, e non posso sprecare l'occasione di rivolgermi direttamente a lui, a te Mark (Mark, scusami, mi prendo la libertà di chiamarti così, anche se non ci conosciamo, perché ho lavorato gratis per te tre o quattro anni, non mi ricordo, e tutte le mie care memorie sono rimaste da qualche parte su un tuo server, anche se il mio profilo non è più attivo).

Hai presente il motto di Facebook, vero Mark? *"It's free and always will be"*: è gratis e lo sarà sempre. Be' Mark, sei gentile, grazie, ma no, davvero. Come se avessi accettato.

A volte sai, amico mio, mi chiedo come sarebbe se invece tu decidessi di farci pagare qualcosa, a noi mitomani (mi ci metto anch'io, come tuo ex dipendente, nel senso anche di tossico). Anche una cifra simbolica, che magari venga decisa in base a un algoritmo che valuti la portata concettuale dei nostri piccoli sforzi di impegno civile e politico e la loro potenziale ricaduta rivoluzionaria sulla società, e stabilisca un'aliquota massima che comunque non dovrebbe mai superare i cinque dollari.

Facendo così leva sulla mitomania che è alla base del

successo della tua straordinaria impresa, caro Mark, potresti ottenere due vantaggi: il primo, visto che ti ostini a non considerarci, quello di carezzare con altri mezzi l'amor proprio dei tuoi indefessi lavoratori, che vedrebbero così riconosciuta davvero l'importanza del loro attivismo; il secondo, quello di riscrivere la formula marxista del plusvalore in modo ancora più radicalmente favorevole alla causa del turbocapitalismo:

$$Pv = L + D$$

Dove D sarebbe appunto quella piccola e simbolica quantità di Denaro che il lavoratore accetta di versare all'azienda da 45 miliardi di dollari per continuare a lavorare gratis dieci, dodici ma anche quindici ore al giorno, dicendo la sua sugli ulivi sradicati in Puglia, su Renzi come nucleo pulsante del male del mondo, sulla sciagurata politica dei governi asserviti alle multinazionali ecc.

E sia chiaro, caro Mark, io lo so che ci sono pochissime probabilità che tu legga queste righe che ti rivolge uno che pure ha lavorato gratis per te tre o quattro anni, non ricordo, ma sai che cosa mi consola? Che va bene, non le leggerai mai, lo so, ma metti che per qualche assurdo motivo ti venisse voglia di farlo, be', caro Mark, temo che ti toccherebbe pagare il prezzo che vedi stampigliato sulla copertina.

Invece, e questo è altrettanto vero, puoi continuare tranquillamente a non leggere, gratis, le centinaia di post con cui i miei amici inondano le loro bacheche, per smascherare Renzi come fonte del male del mondo, gli interessi sanguinari che si celano dietro lo sradicamento degli ulivi in Puglia, le multinazionali farmaceutiche, gli errori arbitrali, il compleanno della bimba, la morte certa da glifosati, la tenerezza dei mici, la pizzata di venerdì eccetera. Più verosimilmente, però, caro Mark, so che farai la cosa più saggia: ti terrai alla larga da noi mitomani e continuerai a leggere Virgilio, nella tua casa da 22 milioni di dollari, o seduto a bordo del tuo jet privato, e penserai che un giorno ricordare tutto questo sarà utile. A noi non lo so, ma a te di sicuro.

Invece io, nel mio piccolo, qualche giorno fa sono stato offline con mia moglie al centro commerciale di Collesalvetti. Lei diceva che dovevo comprarmi delle ciabatte: «Non hai neanche un paio di ciabatte, come fai? Non ci staresti comodo?». «Guarda, mi conosco...» avevo risposto, «se mi compro le ciabatte, poi mi metto le ciabatte e non me le tolgo più».

Per questo non ho mai usato ciabatte, lo capiva? La

mattina mi infilo le scarpe e resto con le scarpe: «Se uno inizia a voler stare comodo» le ho detto, «è la fine». Ma lei insisteva, e allora va bene, mi sono detto, mi compro le ciabatte. Al centro commerciale di Collesalvetti c'era un box pieno di ciabatte che costavano neanche dieci euro. Una versione rustica, forse cinese, di quelle tedesche che conoscono tutti. Ma senza quel sottotesto naturista per cui, con l'originale tedesco ai piedi, uno immagina subito pantaloni a sbuffo di cotone colorato, depilazioni sommarie e nostalgia per i Paesi caldi del Sud. No, erano soltanto delle ciabatte, anche se, mentre le provavo, non avevo ancora capito fino a che punto lo fossero.

Così come avevo profetizzato, me le ero messe ai piedi e non me le ero più tolte, perché in effetti ci stavo molto comodo. Se faceva fresco, mettevo i calzini, ma non rinunciavo alle ciabatte. Neanche dal dottore, dove avevo deciso di andare per via di questa stanchezza che ormai mi prende già dal mattino appena mi sveglio. Neanche per andare dal dottore mi ero tolto le ciabatte. Volevo star comodo anche dal dottore, dove ero arrivato con un anticipo di un'ora sulle visite, visto che qui in campagna ci sono tanti vecchi e i vecchi amano andare dal dottore. E anche se non fanno altro che dirti di non vedere l'ora di morire, quando attraversano sulle strisce fanno gran gesti per farti capire che non vogliono essere buttati sotto. Uno non deve lasciarsi ingannare: quando vanno dal dottore i vecchi sciorinano tutti i loro acciacchi, e restano chiusi dentro un'ora ciascuno, due volte la settimana almeno perché non vogliono fare la fine che fanno. Tutto vogliono i vecchi fuorché fare una fine, come invece pretendono di farci credere. Così, se uno deve andarci davvero, dal dottore, meglio che arrivi almeno un'ora prima di loro o se ne troverà davanti una dozzina.

Stavo seduto in sala d'aspetto e sfogliavo «Chi» e «Novella 2000», meditando sul fatto che di tutti quei vip che si accoppiavano in Costa Smeralda non ne conoscevo neanche mezzo. Poi è successa una cosa che ha dell'incredibile, una di quelle cose che può succedere una volta sola nella vita, e per questo bisogna raccontarla.

Entra un vecchio, mi si siede di fronte: buongiorno dice, buongiorno rispondo, sì ci sono solo io, lei è dopo di me ecc., insomma, come da copione, tutto il teatro della sala d'aspetto. Poi lo guardo meglio: ai piedi ha le mie stesse identiche ciabatte. Sono coincidenze, per carità, cose che capitano, penso. Noto la cosa, ma non le do peso. Cinque minuti dopo arriva una vecchia, e solito teatro: il vecchio si dichiara ultimo, io confermo, lei si accoda. E va bene. Poi arriva un altro vecchio, solita manfrina, la vecchia si dichiara ultima, lui si siede e finirebbe tutto lì se non mi accorgessi che anche lui ha le stesse ciabatte che abbiamo io e il vecchio numero due. E qui comincio a innervosirmi. Poi ne entra un quarto e, lo giuro, anche lui ha le stesse ciabatte ai piedi che abbiamo io, il vecchio numero due e quello numero tre e a me comincia a girare la testa perché ormai è chiaro che se io sono qualcuno, chi sono me lo hanno appena svelato le mie ciabatte: da oggi sono il vecchio numero uno, in sala d'aspetto dal medico di base.

E non è come a un matrimonio in cui due signore si guardano imbarazzate perché sfoggiano lo stesso vestito. Qui siamo in quattro con le stesse ciabatte ai piedi. E me ne accorgo solo io, perché agli altri tre, è evidente, di questo non frega assolutamente nulla. In realtà, capisco adesso, hanno perfettamente ragione loro a non reputare la cosa degna di nota: in fondo, abbiamo un solo negozio di scarpe, al centro commerciale di Collesalvetti, ed è l'unico negozio di scarpe nel giro di venti chilometri. In fondo, tutti hanno una moglie come me che li porta al centro commerciale e dice loro che devono comprarsi delle ciabatte nuove, e quelle ciabatte lì sembrano resistenti e costano poco: neanche dieci euro. Ecco dunque che per la primavera-estate 2017 quella ciabatta diventa un accessorio di gran moda per i vecchi delle colline pisane e non c'è da stupirsi se le abbiamo tutti ai piedi. Così dunque, mentre ho passato tutta la vita a non sentirmi a casa in nessun ambiente, a non aderire mai perfettamente a nessuna esperienza che mi trovassi a fare, ecco che d'improvviso mi integro perfettamente fra i vecchi di questo paesello, ciabatta fra le ciabatte, in coda dal dottore per farmi dire che devo tenere sotto controllo la pressione alta e non dimenticarmi di prendere le pasticche tutte le sante sere.

E allora poi, ciabattando, sono uscito dal dottore e sono andato al Bar Sport, perché avevo bisogno di un caffè o forse solo di una parola di conforto. Prendo il caffè, attacco discorso col barista. Gli racconto la storia delle ciabatte. Gli dico anche che tutti hanno un soprannome in paese, e a me invece ancora mi manca (almeno per quel che ne so). Lui, indubbiamente, come barista ha il potere di affibbiare soprannomi e di diffonderli in paese: «Quindi chiamatemi pure *Ciabatta*» gli dico, «me lo merito». Trovo anzi che sia il soprannome perfetto per uno che era partito da giovane spargendo un'aura di tanta promessa: *Ciabatta*.

Così mi metto l'animo in pace una volta per tutte.

«Sì, però non te la devi prendere così» mi dice lui dopo un po', «perché si vede che questa cosa delle ciabatte ti ha messo parecchia tristezza.»

«Be', vorrei vedere…»

«No» dice lui, «non lo capisco… cioè, francamente non capisco come ragioni.»

«Che vuoi dire scusa?»

«Se vai dal dottore con un certo tipo di ciabatte ai piedi e ti accorgi che tutti gli altri in sala d'aspetto portano quello stesso tipo di ciabatte, non vuol dire che sei diventato vecchio.»

«Ah no?! E che vuol dire invece, scusa?»

«Vuol dire che quelle ciabatte fanno ammalare, tutto qui. Buttale via.»

Il paesello si dipana lungo Corso della Repubblica, che è la via principale ma anche l'unica, a eccezione di due o tre vicoli traversi dove non sono mai stato, perché se uno non ci abita non c'è alcun motivo per andarci.

Corso della Repubblica è una via molto lunga, a piedi ci vogliono più di dieci minuti per farsela tutta. Se però uno è in macchina, allora deve fare molta attenzione.

Prima infatti si poteva parcheggiare sul lato sinistro, ma poi c'è stata una rivoluzione. Se ne è parlato molto sul «Coccolone», l'organo di informazione dell'Amministrazione Comunale, che esce un paio di volte l'anno. Alla vigilia della rivoluzione, il Sindaco ci aveva avvertito: «Tolleranza zero». Si riferiva ai divieti di sosta. Ed è stato di parola, perché un buon Sindaco sa quando occorre usare il pugno di ferro: dopo la rivoluzione sono state fatte almeno dieci multe in pochi giorni.

Adesso infatti non si può più parcheggiare sul lato sinistro di Corso della Repubblica, che è tutto divieto di sosta, ma sul destro, che invece non è più divieto di sosta. La prospettiva è cambiata radicalmente.

Se ne è parlato a lungo al bar del paesello. La popolazione, su questo tema, è divisa in opposti schieramenti: alcuni dicono che era meglio prima, altri dicono che è meglio ora. Non lo so. A me pare tutto sommato uguale, ma non voglio farmi nemici anche qui. Così non prendo posizione. Parcheggio dove dice il Sindaco, sto zitto, mi va bene così.

La casa antica e cadente in cui abito è l'ultima di Corso della Repubblica, fatta eccezione per la grande villa che ora è un bed & breakfast, e che domina tutto dalla sommità del colle. Scendendo dalla strada, dopo casa mia, si trovano il cimitero, una chiesa diroccata e, dietro la chiesa, il campo sportivo.

Perché abbiamo anche una squadra di calcio al paesello. Sono andato a vederla giocare qualche volta.

Non ne capisco molto di calcio, ma mi sono divertito. L'inverno, al campo, si fanno le caldarroste per i tifosi, che in tutto saranno una ventina. Possono mangiarle anche i tre o quattro tifosi in trasferta della squadra avversaria. Le caldarroste non si pagano, il vino rosso invece sì, e il ricavato va a sostegno della squadra.

A valle del paesello c'è una frazione, che, da un punto di vista strettamente amministrativo, fa parte del nostro comune, anche se è davvero tutto un altro mondo. Anche loro hanno una squadra di calcio, molto più forte della nostra. Per il calcio, del resto, quelli a valle sono avvantaggiati dall'essere in pianura: loro possono permettersi un campo di calcio regolamentare, noi no.

Infatti la squadra della frazione a valle milita in una categoria più alta della nostra, anche se non me ne intendo molto e non saprei dire quale.

So però che lo scorso anno noi abbiamo vinto un campionato, ma non potevamo essere promossi per via del campo. Il nostro limita con l'argine della collina, non si può ingrandire, a meno di non porre mano a un'opera pubblica faraonica che impegnerebbe moltissimi milioni di euro e i migliori cervelli dell'ingegneria. Quindi meglio lasciar rotolare i palloni giù dal dirupo.

Io non mi intendo di calcio, dicevo. Però ho visto che qui c'è un rapporto molto diretto con i calciatori. I tifosi ad esempio possono scambiare opinioni sulla partita con loro, anche mentre giocano. Possono dare consigli, incitarli, rimproverarli in tempo reale. I calciatori, per parte loro, rispondono volentieri ai tifosi, anche mentre giocano.

«Ma perché 'un gliel'hai passata??» dice il tifoso.

«Ma se 'un si smarca cosa gliela passo a fa'?» risponde il numero sette.

«Ma se 'un mi guardi!» interviene il numero nove, chiamato in causa.

«Guardalo bischero!» rincara il tifoso.

«Ci voi veni' te a gioca' al posto mio?» chiede polemicamente il numero sette.

Certo, la squadra della frazione a valle è tutta un'altra cosa, sono il primo ad ammetterlo. Loro fanno anche il calciomercato, mi hanno detto.

La verità è che a valle girano ben altri quattrini nel mondo del calcio. Dietro la squadra della frazione a valle c'è un imprenditore locale di pompe funebri che ci ha visto dentro. Da noi al paesello invece manca un *tycoon* che ci sostenga, questo è chiaro.

La verità però è che noi stessi non facciamo abbastanza per sostenere la nostra squadra. Questo emerge chiaramente anche al bar, in certi discorsi che serpeggiano:

«Ieri ho visto X» diceva un vecchietto l'altro giorno, «era giù a vedere la partita ma qui a vedere i nostri 'un ce l'ho mai visto.»

Con *giù* ovviamente intendeva la frazione a valle. E aveva ragione.

La gente aspetta sempre che qualcuno la aiuti, dico io. Ma se non cominci tu, ad aiutarti da solo, voglio dire, chi vuoi che ti aiuti?

Quando non vanno dal dottore o al bar, comunque, i vecchi qui vanno dal barbiere. Sempre con le ciabatte. Non necessariamente a farsi i capelli o la barba. Ci vanno anche come vanno al bar o dal dottore: un luogo pubblico dove scambiare due parole, ma anche lunghissimi silenzi. Stanno seduti e parlano col barbiere che, zac zac zac zac, fra un colpo di forbice e un altro, zac zac zac zac, dice quelle tipiche cose che vogliono sentirsi dire i vecchi: è venuto il freddo, zac zac zac zac, tanto rubano tutti, zac zac zac zac, se si continua di questo passo, zac zac zac zac, chissà dove andremo a finire, zac zac ecc.

Ogni tanto, è successo più volte, uno dei vecchi si alza, va nello sgabuzzino e prende scopa e cassetta. Ramazza i capelli caduti per terra, tutto intorno alla poltrona del barbiere, li raccoglie nella cassetta. Poi rimette tutto a posto nello sgabuzzino e torna a sedere.

Il barbiere qui è un pubblico esercizio che, in un certo senso, non appartiene soltanto al barbiere ma anche a tutta la comunità di vecchi che lo frequentano e che, per questo, si prendono cura della bottega.

Io, per me, spero arrivi presto il giorno in cui mi sentirò autorizzato a prendere la scopa in mano per dare una spazzatina.

Sparito X, sparito Y, dicevo. Ma anche il Guardasigilli non lo sento e non lo vedo da tempo. Per la precisione, da quando aveva deciso di sfidare Renzi alle primarie per la segreteria del Partito, e così ci eravamo sentiti per telefono.

C'era stato un articolo sul «Corriere della Sera» in cui Galli della Loggia vagheggiava una sinistra che avesse il coraggio di definirsi "regressista". Invece di un'accettazione incondizionata del "nuovo" – questo in sostanza il suo pensiero – la sinistra avrebbe dovuto tornare a svolgere la sua tradizionale funzione critica, cominciando a metterlo in discussione, a opporvisi. Mi chiedeva cosa ne pensassi. Diceva che gli sarebbe piaciuto prendere spunto da quell'intervento, di cui condivideva le preoccupazioni ma non gli esiti, per tratteggiare la sua visione della sinistra in vista delle primarie. Ne avevamo parlato al telefono.

Comprendevo la sua volontà di rimettere il Partito in dialogo con gli intellettuali, per i quali, secondo me, il problema vero (assai più dell'articolo 18, che assai raramente riguarda gli intellettuali) restava piuttosto la partecipazione di Renzi al programma di Maria De Filippi con un giubbottino di pelle. Quello, più di ogni altra cosa, aveva rappresentato uno strappo nella coscienza del comune sentire della sinistra assai più lacerante della svolta di Berlinguer e della Bolognina di Occhetto. Quel maledetto giubbottino di pelle e quella adesione incondizionata ai deprecabili stili comunicativi della modernità avevano rappresentato #lavoltabuona in cui gli intellettuali che avevano fatto il Liceo Classico avevano mandato affanculo il Partito.

Ora, per quanto mi riguardava, ci tenevo solo a far presente al Guardasigilli che, in realtà, e per ragioni di cui non aveva molto senso parlare per telefono, gli intellettuali in Italia erano stati assai raramente "progressisti". Ma la questione era abissale: stammi bene, tante care cose, salutami i tuoi, ciao ciao.

Fino a che era esistito un grande partito comunista, (non) avevo detto al Guardasigilli, la critica al sistema di produzione capitalistico aveva saldato insieme intellettuali e "progresso", giusto perché l'utopia era un luogo sufficientemente remoto da situarsi contemporaneamente in cielo, in terra e in ogni tempo: la palingenesi dell'umanità poteva essere quell'esito finale in cui la supposta autenticità originale dei contadini di Casarsa, dei borgatari romani di Pasolini, sarebbe coincisa con l'autenticità ritrovata dell'uomo non più alienato.

Che poi, a rigor di dottrina, un partito che si definiva comunista poteva rivolgersi al futuro senza neanche bisogno di definirsi "progressista", dal momento che ogni "progresso" era semmai una pia illusione del riformismo. Un partito comunista poteva pur sempre atteggiarsi a "rivoluzionario". Ma in questa ambiguità ideologica il PCI aveva sguazzato per anni, cercando, come poteva, di salvare baracca e burattini.

Venuta meno l'utopia, si trattava ora di scegliere da che parte rivolgere la testa.

Io ero convinto che gli intellettuali avrebbero continuato a rivolgerla al passato semplicemente perché, se è vero che siamo una nazione giovane, il nostro è un popolo antico quando sta bene e decrepito quando sta male, ma in ogni caso vecchio. Siamo un popolo di poeti bucolici purché zappi qualcun altro, di pensatori arcadici che non hanno mai visto una cacca di pecora, con poche eccezioni. Ma tutto questo alla fine non lo avevo detto al Guardasigilli, al quale avevo detto invece che rispondere a Galli della Loggia era una buona idea, di cui comprendevo lo spirito e l'opportunità. Non gli avevo detto che ritenevo inutile quel tentativo di riallacciare i rapporti con gli intellettuali che Renzi e il suo giubbottino avevano snobbato con tanta protervia, perché la rottura si era consumata una volta per tutte nel momento stesso in cui si imponeva di scegliere da che parte guardare: non avrebbe trovato un intellettuale italiano disposto a guardare in avanti, altro che "pessimismo della ragione e ottimismo della volontà": non è nella natura delle lettere patrie riuscire a farlo. Abbiamo fatto tutti il Liceo Classico, non lo capiva? Non c'era speranza. Non a caso, (non) avevo detto al Guardasigilli, l'unico movimento artistico e letterario autenticamente italiano era stato il "Futurismo", ovvero la metastasi della mancanza assoluta di capacità di proiettarsi in avanti, la frustrazione stessa per l'impossibilità di aderire alla modernità che non poté fare a meno di declinarsi nell'"ismo" dell'ideologia.

Era invece chiaro che stavamo ormai vivendo sotto il tallone di ferro della nostalgia, anche se non si capiva bene di cosa si avesse tutta quella nostalgia.

Chissà se il Guardasigilli aveva tempo di guardare la televisione. Io ad esempio avevo tutto il tempo di guardare la televisione, ogni giorno, per ore, e anche la televisione era pervasa da una nostalgia insostenibile.

Ecco ad esempio un servizio sulle Orcadi, che sembravano davvero delle isole magnifiche. Ma subito arrivava uno che cuoceva la terracotta cercando di rispettare le tecniche originali del neolitico. Perché mai? Non si sa. E quello che allevava l'antica razza di mucche autoctone. E quella che fabbricava monili celtici.

La televisione diceva che le Orcadi erano isole felici, perché era chiaro che la felicità consistesse nel teatrino della rievocazione del passato, e mai e poi mai nel presente o nella speranza di un futuro. Così, in definitiva, tutto quello che adesso sapevo sulle Orcadi era che le Orcadi sono isole meravigliose ma pervase da una profonda e insostenibile nostalgia di qualunque cosa sia inattuale, trapassata e morta. Forse avevano fatto il Liceo Classico anche in Scozia.

Ecco comunque un servizio sulla cittadina siciliana di Montalbano, un bellissimo borgo medievale. Ma non mancava quella che tesseva proprio come si faceva ai tempi di Federico Secondo di Svevia. Ecco le ricette tradizionali, alla scoperta degli antichi sapori del territorio, ecco i bucatini fatti in casa ancora come li facevano le nonne e le nonne delle nonne. Pare dunque che anche a Montalbano la salvezza venisse dall'abbraccio tenace con qualunque cosa che fosse inattuale, trapassata, estinta. Che poi le immagini del borgo visto dall'alto ci venissero offerte da un drone telecomandato non pareva dettaglio su cui lo spettatore dovesse riflettere, mentre sperava di vivere ai tempi gloriosi di Federico Secondo di Svevia.

Ecco infine un servizio su due ragazzi che si erano messi a fare i carbonai sugli Appennini. E il giornalista spiegava quanto era bello che dei giovani di oggi riscoprissero certi antichi mestieri ormai scomparsi.

E nessuno che si chiedesse perché mai il mestiere del carbonaio era scomparso per sempre, o almeno così credevo, prima che a questi due venisse in mente di resuscitare l'infinita tristezza di risalire le montagne nel freddo gelido dell'inverno appenninico. Già. Perché mai era scomparso il mestiere del carbonaio? Nessuno dunque che andasse a parlare con questi due ragazzi per dir loro la verità, ovvero che il carbonaio era un lavoro di merda, cui gli uomini si erano infine ribellati, alzando la testa di generazione in generazione, e non c'era motivo perché adesso quei due si mettessero a trafficare carbonella coi muli. Nessuno che dicesse loro di lasciar perdere e di trovarsi un lavoro più adeguato ai tempi. Nessuno. Il giornalista li ammirava. Anche il giornalista aveva fatto il Classico.

O come quella sera a San Benedetto del Tronto, io, mia moglie e una coppia di amici. Lui, uno che scrive libri. Eravamo davanti al ristorante a fumarci una sigaretta. Avevamo mangiato del pesce neanche male.

L'amico mi mostrava il vecchio stadio della Sambenedettese, dove ormai però si giocava soltanto a rugby. Mi raccontava che una volta lo avevano invitato a un convegno, o a una cosa in teatro, non ricordo, ma in definitiva alla rievocazione di un evento importante.

Si trattava dell'ultima partita di calcio di Pasolini. Pasolini l'aveva giocata con la nazionale del cinema o una cosa del genere (non ricordo neanche questo), quella volta che era stato lì, a San Benedetto del Tronto.

Di San Benedetto pare che Pasolini avesse avuto un'impressione contrastante: amava quelle ultime casucce di pescatori affastellate vicino al faro (che presto sarebbero state rase al suolo), ma deprecava la cementificazione del litorale, la smania di soldi di quei palazzinari che avevano contribuito, con la loro rozzezza predatoria, alla mutazione antropologica del Paese, alla dissipazione di quegli ultimi barlumi di umanità che ancora si potevano cogliere nello sguardo di quei pescatori.

Ma il mio amico che scrive libri mi aveva anche detto che alla fine lui non se l'era sentita di andare a rievocare quella sera in cui Pasolini aveva discusso con la buona società sambenedettese alla cena del dopopartita. Non se l'era sentita di andare a quell'iniziativa all'insegna della nostalgia per la nostalgia di Pasolini, perché gli era parso che, con tutto il dovuto rispetto per Pasolini, tutta quella nostalgia di seconda mano, diciamo così, fosse troppa anche per lui.

Che poi, secondo me, i sambenedettesi si erano semplicemente stancati di naufragare in mare, di morire giovani, di svegliarsi la mattina alle tre, di non sapere come mettere insieme il pranzo con la cena, di spaccarsi la schiena al freddo, di sentire il mare fin dentro alle ossa, di soffrire di febbri reumatiche, di puzzare di pesce in quelle casucce affastellate vicino al faro, e avevano cercato di fare i soldi con il turismo, di spennare un po' di milanesi, di aprire chalet, hotel e pizzerie sul mare, di fare i bagnini, di avere avventure estive con le sciure, di comprarsi il televisore, di far studiare da ragioniere i figli che così poi avrebbero potuto aiutarli a contare *li quatrì*, e se anche tutto questo non piaceva a Pasolini, se ne sarebbero fatta una ragione.

Per la consueta ironia della storia dunque, a mio parere, gli intellettuali si sarebbero progressivamente schierati (con tanti piccoli distinguo, con riluttanza di naso turato, con torcicollo ma neanche troppo) a favore del Movimento dei resti sbagliati e delle mutande lavate con la pallina di gomma, o lo avrebbero comunque fiancheggiato, se non in opere almeno in omissioni.

Nell'assoluta vaghezza di intenti del Movimento, gli intellettuali avrebbero comunque trovato un nuovo luogo di agio politico: per quanto il Movimento si fosse presentato all'inizio come alfiere di una modernità in cui ogni problema avrebbe trovato soluzione con una ricerca su Google, col tempo avrebbe mostrato la sua vera attitudine pervicacemente antiscientifica e antimoderna, la qual cosa lo avrebbe tutto sommato avvicinato anche ai reduci del Liceo Classico che avevano fatto un'ora di scienze la settimana, e dove l'umanesimo partenopeo (Vico, Croce) li avrebbe sempre rassicurati nel pregiudizio che la retorica sia l'unica *tazzulella 'e cafè* che abbia davvero sapore.

Così, quando vennero fuori sull'«Espresso» certi innocui affarucci dell'autista del Ragioniere in Costa Rica, tutti si misero a cercare la pagliuzza del paradiso fiscale, e nessuno, dico nessuno, vide la trave programmatica nel nome dell'impresa tropicale: "Ecofeudo".

Gli intellettuali italiani, (non) avevo detto al Guardasigilli, non avrebbero avuto difficoltà a trovare rifugio nell'ecofeudo. Molti di loro, del resto, avevano attraversato sottotraccia l'inverno della Repubblica, dopo gli armiamoci e partite degli anni Settanta, per poi ricomparire con la coscienza linda, ma sempre inquieti, magari nel frattempo baby pensionati, velisti, gourmet, zerochilometristi, decrescenti coi soldi degli altri, enologi, scontenti, indignatissimi, cinici, avidi, affamati come non mai. Ma, soprattutto, sempre pronti alla risata che avrebbe seppellito il Potere (purché non fosse il loro). A continuare il *chiagni e fotti* con cui avevano portato a casa la pagnotta per trent'anni. Quindi, (non) avevo detto al Guardasigilli, si mettesse l'animo in pace con gli intellettuali italiani, ché il Governo non fa vendere libri, non riempie le piazze dei concerti, non aiuta a sbigliettare al cinema o in teatro.

E comunque avrebbe fatto bene a chiedere a un intellettuale e non a me, pensavo: io in fondo che potevo saperne? Non lo sapevo da che parte si dovesse guardare, cosa fosse meglio, quale strategia politica occorresse per... già: per fare cosa? Per guardare verso dove?

Credo che negli intenti del Guardasigilli ci fosse l'idea di guarire il Partito dalla sbronza liberista che si era preso con Renzi, di saldarlo nuovamente a politiche keynesiane di intervento pubblico, di farlo insomma tornare a essere il partito della solidarietà.

In definitiva, si trattava di rimandare al piano terra l'ascensore sociale, mentre era chiaro che il Movimento aveva risolto il problema dell'ascensore sociale a monte, predicando la decrescita felice e quindi, di fatto, negando il fatto stesso che valesse la pena raggiungere i piani alti. Il Ragioniere francescano sulla Porsche, gli altri in bicicletta: tutti insieme in bicicletta, per andare al centro acquisti a chilometro zero a comprare le verdure di stagione.

Alle primarie comunque il Guardasigilli finì col racimolare un enigmatico 22% dei consensi: troppo poco per scalfire la leadership di Renzi, troppo per essere considerato ininfluente nei futuri assetti del Partito. Chissà come se la sarebbe giocata, mi chiedevo.

Io, per me, avevo appena capito un paio di cose su come va il mondo, e che magari non c'entravano più nulla con la sinistra, con il Partito e con gli intellettuali, ma in definitiva: la prima era che i nostri problemi non sono in cima alla lista delle priorità della Storia.

I cinesi, ad esempio, vogliono comprarsi un miliardo di lavatrici e di automobili, esattamente come ce le siamo comprate noi. E se la Terra non dovesse reggere l'impatto dei loro consumi? Boh. Io, per me, con una famiglia senza figli composta da due persone, quattro televisori, due macchine, due computer, due smartphone e il riscaldamento in tutte le stanze, io, dicevo, la morale ai cinesi su come si debba vivere non gliela posso fare.

La seconda è che siamo stati abituati a dare alla politica un'importanza che la politica non ha più. Continuiamo ad affannarci, a discutere, a restare svegli fino all'una di notte avidi di exit poll, come se ne andasse di chissà cosa, mentre invece, quasi sempre, non ne va assolutamente di niente.

Quello che il Guardasigilli avrebbe potuto comprendere solo a rischio di dover guardare dentro un baratro disperante è che la politica serve ormai a scegliere i capri espiatori. Non ci aspettiamo che i politici possano risolvere i nostri problemi, vogliamo solo poterli incolpare per il fatto di averne.

Da questo punto di vista, (non) avevo detto al Guardasigilli, Renzi era perfetto: a partire dalla gorgia fiorentina, fino ai jeans, al giubbottino, ai nei, alle boccucce che faceva, ai modi da ganzetto, tutto pareva studiato per catalizzare la rabbia schiumante del popolo al primo cedimento di consenso. E la Boschi pure, anche lei, persino meglio di lui, in quanto donna per di più giovane e bella, in un Paese di maschi soffocati fra le tette di mamma e che per questo le donne le odiano e le disprezzano.

La risposta vincente del Movimento della pallina per lavare le mutande a quella tendenza ormai inarrestabile a fare delle istituzioni repubblicane un allevamento di capri espiatori che il Movimento stesso aveva sapientemente favorito e alimentato fu allora la scelta oculata di uomini e donne dal passato scialbissimo. Una meritocrazia al contrario, dove il primo requisito di elezione fosse il rigoroso zero sulla dichiarazione dei redditi: il Movimento si sarebbe incarnato in rappresentanti quasi qualsiasi, possibilmente incapaci di articolare un discorso sensato in un italiano passabile. L'assoluta mediocrità dei candidati avrebbe posto il Movimento al riparo dal circolo vizioso di elezione del capro espiatorio fra popolo e rappresentanza: erano ragazzi senza speranze che ce l'avevano fatta proprio grazie al fatto di non sapere niente, di non potere niente, di non avere nessun altro requisito se non il fatto di essere cittadini al grado zero. Nessun conflitto di interessi possibile fra chi non era mai stato di alcun interesse per nessuno prima che il Movimento lo mandasse in Parlamento. Erano pura ambizione e mitomania, erano perfetti per i tempi. Uno valeva uno, insomma, ma possibilmente un po' meno di chi lo aveva votato: nessuna invidia sociale, nessun senso di inferiorità, nessun complesso. Il candidato premier venne presto individuato in un tale che non aveva mai fatto niente, non sapeva niente, litigava coi congiuntivi ed era insomma perfetto per incarnare la *nolontà* di un popolo che in realtà non voleva più nulla, solo avercela con qualcuno a caso, e possibilmente per i motivi sbagliati.

Intanto, da quell'altra parte che era in realtà la stessa parte, montava la marea nera. I neofascisti invitati in televisione, ospiti degli intellettuali che un tempo affollavano il parterre della sinistra, giusto perché «il fenomeno va conosciuto», perché occorreva «dar conto della realtà». Così poi anche il faccione del Duce tornò a campeggiare sulle prime pagine dei giornalacci e sulle bacheche, nella porzione fascista della repubblica di Facebook. Quel buon nonno che sì, è vero, ne aveva mandati a morire centomila in Russia al freddo e al gelo. Che sì, è vero, aveva avuto bisogno di morti freschi da mettere sul tavolo delle trattative, ma chi se ne ricordava oramai? I veri nemici del popolo erano soprattutto i milioni di miliardi di migranti che avevano invaso il Paese. I milioni di miliardi di Rom, che poi in realtà erano meno di duecentomila, ma nella percezione dell'italiano assediato erano milioni di miliardi e raspavano alla porta di casa. Volevano entrare, fottersi il telefonino, la moglie, la figlia, la nonna, svuotarti il frigorifero, pisciarti in salotto. Erano milioni di miliardi, venivano a rubarti il lavoro.

Quel che era chiaro, (non) avevo detto al Guardasigilli, era che, a destra come a sinistra, gli intellettuali del Liceo Classico soffiavano sui tizzoni dell'ardente nostalgia per il mondo com'era. Peggio di loro, c'erano soltanto quelli che non avevano fatto il Liceo Classico ma avrebbero tanto voluto farlo. Quando il fuoco della nostalgia sarebbe divampato, si illudevano allora di poter dominare le fiamme. Credevano di poter salire in groppa alla bestia e guidarla dove volevano. Perché così, al Liceo, avevano letto in Platone. In ogni caso, che la bestia andasse più o meno dove pareva a loro, l'importante era restare in sella.

5
Un ascensore tutto per sé

La notte prima del primo giorno di quarta ginnasio avevo avuto un incubo.

Un'aula enorme con dei banchi di legno altissimi. Provavo ad arrampicarmi cercando di non disturbare la lezione che era già cominciata. Un professore con la barba lunga e bianca, su una cattedra monumentale e remota, bisbigliava in una lingua incomprensibile. Ma pareva che tutti lo capissero, tutti tranne me, che ancora non ero nemmeno riuscito a sedermi al banco, fra le risatine dei compagni. Così mi ero svegliato sudato, con il cuore che batteva forte, e non mi era riuscito più di addormentarmi.

La mattina arrivai a scuola di buon'ora. Mi trovavo così in mezzo all'atrio, fra un nugolo di ragazzini. Cercavo di individuare la mia classe: IV Ginnasio, sezione C. Non trovavo un custode cui chiedere, non sapevo che fare. I minuti passavano, avevo il terrore di arrivare in ritardo, come nel sogno.

Avevo infine scorto quello che pareva un professore. Era minuto, con un vestito grigio e pochi capelli bianchi pettinati con cura. Se ne stava immobile in un angolo, a fissare non si capiva bene cosa. Avvicinandomi con timore, avevo scelto con cura le parole, in tono di massima deferenza: «Mi scuso per il disturbo, Professore. Sto cercando la mia classe, la Quarta C. Non riesco a trovarla. Mi chiedevo se potesse essere così gentile da dirmi dove sia».

«Oh be', sì, la Quarta C… la Quarta C deve essere… ecco, io credo che sia qui al piano terra, o forse no, forse è al secondo piano… mi ci faccia pensare…»

Nessuno mi aveva mai dato del lei prima di lui. Oddio, ormai sono un uomo, pensavo.

Ma il professore guardava nel vuoto e continuava a fare congetture a caso, finché non era arrivato un altro professore, enorme, un bestione di quasi due metri e centocinquanta chili, con i capelli a spazzola e una borsa di pelle che in quelle manone pareva quasi una pochette da signora.

«Oh oh oh, Renzo carissimo, oh oh oh anche quest'anno ci ritroviamo dunque oh oh oh... dove hai lezione? In Prima B? Vieni carissimo, *pedetemptim*, passettin passettino dunque, andiamo oh oh oh.»

E il latinista mastodontico si era preso l'altro sottobraccio, che adesso lo seguiva fiducioso. Ora che si stavano allontanando su per le scale, mentre i soffitti infiniti risuonavano della prima campanella, notavo anche il bastone da cieco che era sin lì sfuggito al mio ansioso spaesamento.

Bella figura, cominciamo bene, pensai. Poi un bidello, vecchio pure lui, bassino, pelato e con un gran naso che pareva un tubero, venne finalmente a smistarci nelle classi.

Ancora un rudere, questa volta di matematica, con uno sdrucito vestito di gabardina marrone e una cravatta di gran moda ma prima che nascessi, ci dette il benvenuto. Di matematica però non ci parlò affatto. Ci tenne a farci sapere che anche lui aveva frequentato quelle stesse aule da giovinetto e infine ci raccontò la storia della vecchia che implora l'imperatore Traiano per avere giustizia dei figli trucidati, e ovviamente la ottiene, perché l'imperatore non era solo *strenuus miles et rei militaris peritus*, ma anche uomo probo e adorno di ogni virtù. E questo dunque ci si aspettava da noi, giovani virgulti che un domani saremmo ascesi alle più alte cariche, alle professioni più onorevoli: coraggio e probità!

Con il tempo avremmo anche scoperto la sua fede monarchica e una certa sua tendenza alla mitomania («da ragazzo io stesso consigliai a Hitler di non invadere la Polonia»).

Con il tempo lo avremmo visto spesso uscire dal cinema a luci rosse dietro Piazza Cavour.

Con il tempo le compagne di classe più spregiudicate avrebbero imparato che sbottonarsi la camicetta con generosità durante le interrogazioni valeva la sufficienza.

Del resto neanche ai maschi mancavano utili scorciatoie per farla franca: «Oggi figlioli interroghiamo...».

«Il soldato italiano è un vile!» mormorava allora una voce da sotto un banco.

«Chi ha proferito questa vile bestemmia? Io lo perdono, purché abbia il coraggio di guardarmi negli occhi! Lo perdono, ma sappia questo scellerato...» e da lì partiva un'orazione funebre in memoria dei caduti di El Alamein, della guerra d'Africa e della campagna di Grecia che durava fino al *finis*.

«E va bene, via! Oggi non abbiamo interrogato e pazienza... ma quello che avevate da sapere era assai più importante dei binomi! Fatene tesoro!»

Quarta C, dicevo, e non per caso. Al Liceo Classico vigevano regole non scritte ma non per questo meno rigide. Nella A e nella B, ad esempio, finivano i figli e le figlie di quelli che avevano fatto la A e la B. Avvocati, deputati, industriali, tutto il Rotary e la massoneria, notai. Nella C, invece, quelli che non vantavano un pedigree altrettanto puro, come certi figli di militari di carriera appena arrivati dal Sud, o direttori di banca appena trasferiti, oppure, addirittura, quelli come me che venivano dalla periferia e il cui cognome, ai primi appelli, non destava nei professori il consueto rinvenire di care memorie sul papà o la mamma che puntualmente finiva nel «me li saluti tanto caramente». Dopotutto, il Liceo Classico era pur sempre una scuola pubblica.

Così, se restano indelebili le medagliette di fine anno per chi si era distinto nel latino o nel greco, e l'assegnazione della borsa di studio per coloro che, nelle parole del Preside, «non sono... come dire? figli di un petroliere, ecco...» cui seguivano diffuse risatine per i poverini che ricevevano, dalla generosa mano istituzionale l'istruttiva lemosina, era anche vero però che le distinzioni di classe, se pure valevano nella cabbala dell'assegnazione della sezione, contavano assai meno del senso stesso di appartenenza a quel piccolo mondo antico che andava a definire, per tutti noi, un'identità interclassista ma esclusiva, tale per cui gli stessi purosangue si dimostravano disposti a integrare noi parvenu pur di far fronte comune contro il mondo là fuori, nel quale c'erano addirittura ragazzi che facevano ragioneria o bimbette volgari che frequentavano le magistrali e, insomma, ogni genere di persona.

«Ma qui dunque si tratta di perifrastica attiva o passiva?»

«Mah, praticamente...»

«PRA-TI-CA-MEN-TE no di certo! Qui di pratico non c'è nulla, mio caro! Praticamente lo vada a dire ai suoi colleghi che fanno una di queste scuole di avviamento al commercio come lo scientifico! Qui, a Dio piacendo, ci occupiamo solo di pura teoresi.»

La sprezzatura, che dalla distanza abissale del presente occorre oggi spiegare, consisteva ovviamente nel pretendere che il Liceo Scientifico fosse una scuola di avviamento al commercio, non contemplando neanche la possibilità di poter definire "scuole" quelle che non fossero licei.

Perché il Liceo Classico era prima di tutto questo teatrino della strenua resistenza contro l'imperante volgarità del moderno e dell'attualità. Tutte patetiche trombonate, lo so. Per un ragazzetto di quindici anni che avesse delle ambizioni, tuttavia, appartenere a una struttura in sé conclusa, un mondo piccolo ma rotondo in cui farsi largo, con le sue regole e i suoi vezzi, i suoi riti di iniziazione, il suo gergo e i suoi miti, era quanto di meglio si potesse aspettare dalla vita. Una zona confortevole dell'esistenza, al riparo dalle intemperie.

Era persino possibile che, fra quelle mura, si riuscisse a trascorrere cinque anni di assoluta inconsapevolezza delle cose del mondo, in un confortevole apartheid che cominciava alle otto del mattino, quando salivamo sulle carcasse del servizio pubblico con quei venti chili di Rocci e Ceserani-De Federicis tenuti dal laccio e stretti al petto, fra gli sguardi pieni di commiserazione dei nostri coetanei che appartenevano al secolo. Era possibile che si restasse per cinque anni in un limbo di marmo.

«Simo... guarda un po' là sotto» disse la figlia del notaio, guardando fuori di finestra.

«Vedo» risposi.

«Ma chi sono quegli omini tutti vestiti di blu?» mi chiese, mentre l'oro dei boccoli risplendeva nel sole e, giù da basso, si levavano i cori di un corteo di lavoratori in sciopero.

«Saranno i marziani, Franci» dovetti risponderle.

Si trattava dunque di scegliere, se resistere e accettare la sferica autosufficienza tolemaica del piccolo mondo antico o infine arrendersi.

Altri che venivano dalla periferia dei cognomi sconosciuti si sarebbero difatti ritirati a metà del ginnasio, migrando verso le scuole dell'"avviamento al commercio" che non erano neanche licei. I purosangue invece, fossero pure somari, sarebbero maturati comunque, magari con un quaranta senza infamia, bastevole però a depositarli in via Curtatone e Montanara, Pisa, Facoltà di Legge. Io, per me, mi adattai invece piuttosto bene, sentendomi come sempre e ovunque mi ero sentito nella vita: fuori luogo e di passaggio.

Finito il Ginnasio, dove mi ero presentato sempre in giacca e cravatta, al Liceo pagai qualcosa all'irrequietezza dell'adolescenza cotonandomi i capelli e vestendo sempre di nero, la qual cosa mi inscriveva in quella nicchia di moda fra i ragazzi un po' speciali che allora si chiamava New Wave o Post-Punk. Si trattò comunque di piccole ribellioni controllate che non andarono a intaccare la rotondità dei voti in pagella: con tutto il peso sulle spalle dell'essere il primo in famiglia che si affacciava alle scuole alte, del resto, ribellarsi era fuori questione. Mentre dunque il presente mi era sopportabile, in vista di un futuro che mi illudevo di poter disegnare a modo mio, era piuttosto il peso di un futuro già scritto a inquietare i purosangue, i quali presentivano insomma come le briglie della predestinazione avrebbero impedito loro di scartare di lato: studi legali tramandati dal tempo in cui la Toscana faceva Granducato, genealogie notarili, primariati ospedalieri con codazzo di aiuti, comandi di flotte già conferiti al trisavolo dal Re, e ogni altro genere di ingombro ereditario spingeva i purosangue a ben altre ombrosità.

La figlia dell'ammiraglio, ad esempio, che ballava tutti i balli moderni e fumava tutte quelle Merit. E che spesso si abbandonava ai conforti del Cointreau, vomitando in tutti i bagni. Quello di un onorevole che venne pescato insieme al figlio del più noto avvocato di quel foro di provincia mentre vandalizzavano la scuola (ma la cosa finì con una ramanzina e il salto della settimana bianca). La nostra compagna ebrea, che girava per le manifestazioni con la kefiah palestinese, urlando a gran voce contro Israele per l'occupazione di un posto che si chiamava "Striscia di Gaza" (ma dove fosse esattamente questa Striscia nessuno lo sapeva).

Qualcuno si fumava il cervello. Qualcuna restava incinta. Qualcuno insomma si fece anche male, ma per la maggior parte, tutti prima o poi sarebbero tornati a camminare nei solchi tracciati dall'iniquità del consorzio umano in quel tratto di strada che la sorte aveva messo loro davanti.

Soprattutto, diverse erano le case dei compagni di liceo da quelle dei compagni delle medie.

Quanta luce, quanta meraviglia. Fra tante, colpiva soprattutto una villetta primi Novecento con l'ascensore in casa. Perché io neanche immaginavo si potesse avere un ascensore tutto per sé.

Ne ero rimasto folgorato. Ero abituato agli ascensori dei compagni delle scuole medie, in quei palazzoni di modestissima decenza impiegatizia, frutto dell'estro seriale dei geometri anni Settanta, con quelle pulsantiere che bisognava leggersele tutte da cima a fondo prima di trovare il cognome della compagna di classe che avrebbe sopportato la presenza ingombrante del secchione sovrappeso (io) su pressante richiesta della madre, per cercare così di cavare dal ciccione il tanto di aiuto che bastasse alla sufficienza in italiano, mentre la compagna, invece di studiare, aveva passato il quadrimestre a istoriare il diario di firme con il cuore al posto del puntino sulle i, versi come "sono un marziano in missione segreta ho scoperto l'amore sul vostro pianeta" e cuoricioni che incorniciavano il di lei nome accanto a quello di Ricky, il figlio fighissimo del macellaio che per parte sua aveva risolto il problema del rendimento scolastico alla radice, ovvero venendo a scuola una volta ogni tanto.

Così il secchione si infilava in quegli ascensori, si incasinava sul piano che non ricordava mai, e sceglieva puntualmente il terzo (per una predilezione concettuale per il numero tre che del resto, avrebbe presto scoperto, aveva una solida consistenza teologico-filosofica), per poi, da quel terzo piano, farsi le scale in su e in giù, di corsa e col fiatone (questo è tutto scemo, pensava la compagna delle medie), fino a trovare l'appartamentino e, dietro l'uscio, il sorrisone della madre, già pronta ad allestire la merenda nel tinello, e il sorrisino circostanziale della figlia.

Ma la compagna del liceo aveva un ascensore che usavano soltanto lei e la sua famiglia, e che portava da un piano all'altro di casa sua. Una fiaba. Una meraviglia.

Quanto alla pulsantiera di ottone lucente, a lato del maestoso portone di ingresso, essa consisteva di soli due campanelli: "Marchesi" e "Servizio Marchesi".

Andavo fantasticando su quel secondo campanello, che immetteva in casa per altra via da quella padronale, e per scopi diversi da quelli della frequentazione e che, in definitiva, riguardava strettamente il piano terra della piramide di Maslow: garzoni di bottega, donne delle pulizie, idraulici e muratori.

Con la compagna si scherzava allora su quel vezzo classista: «Servizio Marchesi, sapete, è il cugino scemo di papà, si chiama così poverino...».

Ma vi erano poi anche le ville in collina, che guardavano dall'alto la città, e di cui i rampolli si lamentavano fino alla patente che li avrebbe finalmente sottratti allo scomodo di quei rientri difficoltosi alla sera. Pochissime le piscine, ancora del tutto cafone. Qualcuno viveva invece in esclusivissimi condomini ex conventuali di Montenero, con portierato al limite del doganale e campo da tennis.

In generale, comunque, i compagni del Liceo abitavano tutti a sud, verso mare, come imponeva la topografia del costo al metro quadro cittadino che vedeva in certe vie dell'Ardenza il picco dell'esosità.

Taluni in avite magioni di gusto almeno secolare, altri (spesso cadetti di schiatte cui era toccata comunque un po' di *Constitutio de feudis*, ovvero la cosiddetta "legittima") nella recente lottizzazione di Marilia, che in definitiva rappresentò l'essenza stessa di quegli anni Ottanta di benessere diffuso e di commistione interclassista che spiaccicava aquilotti di Armani sulle magliette di tutti noi, poveri e ricchi, e non negava una bottiglia di Galestro Capsula Viola e un flaconcino di Cacharel anche ai figli del proletariato. Su per quei piani delle arrampicate sociali si manifestava allora una linea di confine più blanda fra i ceti, tutta all'insegna della scalata possibile, per come i socialisti al governo lasciarono intendere la ritrovata mobilità sociale: "Proletari di tutto il mondo, arricchitevi".

Per qualche tempo parve insomma ci fossero ancora posti liberi in prima classe che aspettavano soltanto di essere occupati, per quanto certo Marilia stesse al resto delle ville ardenzine, *si parva licet* e *mutatis mutandis*, come a Roma Collina Fleming stava ai migliori Parioli.

A Marilia, ma nell'ultima propaggine del benessere vista mare, in una bella monofamiliare di recente costruzione, abitava ad esempio anche la famiglia dell'Ammiraglio.

L'ammiragliato si distingueva non tanto per il gusto dell'arredamento (scialbamente moderno) o per l'ampiezza della metratura, tutto sommato modesta, quanto piuttosto per il teatro familiare di cui ebbi modo di godere.

Deus ex machina e tuttavia mai calato sulla scena, l'Ammiraglio era un'entità di cui si conosceva l'esistenza soltanto attraverso i castighi che impartiva telefonicamente alle figlie, a redarguirne le intemperanze. Il suo distaccamento al Ministero ne avvolgeva la figura nel più fitto mistero. In quei tre anni che frequentai la casa non mi fu dato mai di vederlo: egli era esclusivamente una carica altisonante seguita da un cognome, ma come nella prova a posteriori dell'esistenza di Dio, si poteva evincere l'esistenza del padre soltanto dal fatto che un sabato le figlie non potessero uscire o da un coprifuoco imposto loro a metà del pomeriggio.

Quel gineceo, composto dalla moglie francese (una ex hostess dell'Air France) e da quelle due ragazze che parevano una sorta di manifesto vivente per l'eugenetica, rappresentava per me la quintessenza stessa della bellezza, così ideale e remota da non osare neanche tradursi in fantasia erotica, quando alla sera, finita la versione di greco o ripassati i paradigmi, me ne tornavo con l'Uno verso la stazione, in un viaggio che, fermata dopo fermata, durava una buona mezz'ora, a sancire la distanza fra la zona residenziale e la periferia, e poi ancora altri venti minuti a piedi, dalla stazione fino in fondo alla strada cieca.

«*Lalì... Lalì...?*»

«*Oui maman?*»

«*N'oublie pas d'appeler mamie pour sa fête...*»

«*Oh maman! Mais quel ennui! Tu m'as dit mille fois...*»

In mezzo alla versione di greco, mentre ci si affannava sul Rocci a risalire dal raddoppiamento del perfetto all'indicativo di un verbo anarcoide che, maledetto, desinèva un po' come cazzo gli pareva, cinguettavano nelle mie orecchie questi battibecchi deliziosi. E mi si struggeva il cuore, per quelle parole già rinchiuse fra labbra che mai si aprivano del tutto, e infine semplicemente venivano soffiate fuori come da un flauto: esistevano dunque donne che davvero parlavano in francese. Non cinguettavano soltanto nei film o nelle canzoni, come avevo sempre immaginato. Esse aleggiavano anche in stanze agitate dal libeccio, entravano e uscivano in un fruscio di tende e, esilissime nei controluce, si adagiavano infine sul divano a leggere «Vogue», davanti a me, un ragazzone *avec son embonpoint*, insomma, un ciccio, di quella ciccia che tradiva tutta la fame atavica finalmente pasciuta nell'abbondanza del dopoguerra occidentale.

Le case dei compagni di liceo non odoravano mai di cucina. Niente olezzi di ragù, sentori di soffritto o profumi d'arrosto. I ricchi, a quei tempi, non cucinavano mai. Soprattutto, mangiavano di meno. Al limite le mamme facevano un salto in rosticceria verso una cert'ora. Prendevano giusto due cosine, in negozi di comprovata fama, dove tenevano formaggi e prosciutti nel caveau e, con quel che costavano, avrebbero potuto confezionarti le acciughine tènere tènere del Cantabrico in *boîtes à bijoux*.

Nelle case dei purosangue comunque non ti offrivano mai la merenda. Bibite, succhi di frutta, certo: potevamo prenderceli dal frigo. Gli adulti però non si facevano mai vedere. Avevano da fare e, se erano in casa, stavano in altre stanze. Sempre indaffarati, distratti. Le mamme non si mettevano certo a prepararti due panini.

I ricchi insomma non si abbuffavano, come invece facevamo noi nella strada cieca del quartiere Stazione.

Perché quello che non riuscivamo a saziare, noi del quartiere Stazione, non era tanto l'appetito del momento. Era piuttosto lo spettro della fame ereditaria. La fame dei nonni. Che era scemata appena un po', ma ancora ci gorgogliava nello stomaco.

Certo, io non mi sarei lasciato andare a una confusione alimentare come quella rappresentata in questa foto in cui nonno Secondo è seduto accanto a una signora che nessuno di famiglia adesso sa più chi fosse, anche se non è lei il motivo del mio interesse per questa immagine.

Sono invece il tempo e l'occasione della tavola imbandita a interrogarmi.

Non riesco a capirla fino in fondo, questa foto. Intanto, non si conosce l'anno in cui venne scattata, anche se la presenza di una bottiglia di Spumansoda sul tavolo fornisce un piccolo aiuto.

Con questo nome, infatti, la ditta Baldacci e Luperi commercializzò per qualche tempo una bibita leggermente alcolica, un misto di aromi naturali, acqua, vino bianco e anidride carbonica che ebbe gran successo ma vita breve, visto che, potendo essere spacciata per surrogato dello spumante, venne presto ritenuta non conforme alle complicate regole dell'agroalimentare italiano e quindi ritirata dal commercio.

Siamo insomma nella seconda metà degli anni Cinquanta. La presenza del Triple Sec Martinazzi, del resto, è coerente con questa datazione.

Ma dove siamo? E soprattutto, di cosa si tratta?

Non è un pranzo, non è una cena: né piatti né scodelle, niente posate. Sulla tavola ci sono soltanto tazze che farebbero pensare piuttosto a una colazione, anche se la presenza dei bicchierini e degli alcolici rende l'ipotesi abbastanza improbabile.

Potrebbe dunque trattarsi di un rinfresco. Forse di una prima comunione. La cravatta bianca di Secondo e il suo vestito a festa al posto della consueta canotta sbrindellata avrebbero così un senso.

Quello che importa di questa foto però sono soprattutto le enormi brioche che, dalla fattura, potrebbero essere delle cosiddette "pisane", ovvero paste non ripiene, di massa piuttosto consistente, adatte a essere inzuppate nel caffellatte.

D'intorno invece pasticceria secca, assai più adatta ad accompagnare un tè, e più consona a un rinfresco pomeridiano.

Qualunque fosse l'occasione, pare insomma che alla fine degli anni Cinquanta quelli del quartiere Stazione non andassero tanto per il sottile quando si trattava di festeggiare. Liquori, brioche, surrogati dello spumante da pochi soldi, pasticcini, vestiti a festa e sorrisi da tempo di pace stampati in faccia: il tutto imbandito sulla stessa tavola, senza alcun ordine.

Le mani conserte di Secondo però sono quelle di uno nato in campagna e inurbato di recente: non fa più il contadino ma lo ha fatto da ragazzo, come lo faceva suo padre, e suo nonno, e via così, come era sempre stato prima che lui trovasse lavoro come ferroviere. Ha ancora le dita grosse. La postura delle mani conserte tradisce tutto il disagio della cravatta e di quella conversazione ingessata in uno spazio angusto. La brioche diventa dunque la ricompensa di una tortura vestimentale: l'urbanità porta con sé regole di comportamento scomode, ma anche brioche, pasticcini e liquori dolcissimi. "Ne è valsa la pena" sembra dirci questa immagine.

La brioche, enorme, è insomma il *punctum* barthesiano dell'immagine. L'elemento che esorcizza le ferite appena rimarginate della guerra e il fatto che d'intorno, in città, restino ancora scheletri murari di palazzi sventrati dai bombardamenti. Scaccia la fame del mercato nero e, ancora prima, quella delle campagne, dei minestroni allungati e del pane strusciato sull'aringa sotto sale.

Io non mi sarei lasciato andare così a questa ingenua felicità per il bengodi finalmente conquistato, dicevo, ma, al contrario dei purosangue, avrei conservato in me qualcosa di questo bisogno di tavole imbandite, di piatti divorati a quattro ganasce. Per tutta la vita.

Anche seduto a tavola con gli intellò, con i registi o con i padroni di questo e quello, anche a tavola con i cognomi assortiti in numero maggiore rispetto ai coperti, anche con tutta la mia buona educazione, io, come Secondo, sarei rimasto sempre con lo stomaco in subbuglio, combattendo inutilmente contro me stesso per non essere il primo a finire gli spaghetti o per non farmi vedere in trepida attesa di una brioche compensativa.

Per noi del quartiere Stazione, allora, se c'è qualcosa di cui essere felici, ha sempre a che fare con un'occasione per tenere le gambe sotto il tavolino e la forchetta e il coltello fra le mani.

Al pranzo per i cinquant'anni di matrimonio, ad esempio, Carlo era davvero soddisfatto. Aveva il volto disteso, come se aspettasse un'occasione buona per sorridere. Anche Nadia era contenta, si vedeva. A parte che si era beccata la bronchite e tossiva sempre, ma questo era solo un dettaglio. Carlo, per parte sua, non lo diceva, ma lo significava in ogni sguardo: "Visto che ce l'ho fatta?". Prima di venire al pranzo, ovviamente, Carlo e Nadia avevano litigato un pochino, ma giusto un battibecco. Come quando gli atleti fanno un po' stretching.

Solo gli stolti, del resto, credono che esista qualcosa come una felicità perfetta e, nel cercarla, solitamente si rovinano la vita.

In realtà, tutte le famiglie infelici si somigliano, ogni famiglia felice, invece, è imperfetta a modo suo.

Al pranzo c'erano tutti. Tutti gli amici, tutti i parenti. Pochi gli assenti, e comunque giustificati. Il Cugino S., che ora sta in una casa famiglia ed è meglio non muoverlo di lì, perché si è capito che la sua stabilità trae giovamento da una rigorosa routine. Sarebbe stato uno stress inutile sottrarlo all'abitudine, anche solo per un giorno. E il Guardasigilli, che in quei giorni era molto impegnato a litigare con Renzi per la composizione delle liste elettorali, mentre i sondaggi preannunciavano la più vaga incertezza sul futuro della Repubblica.

Ma per il resto non mancava nessuno.

Abbiamo mangiato in un ristorante da grandi occasioni. Arredato con quel gusto shabby chic molto in voga dieci anni fa. Il menu, sempre secondo la moda di dieci anni fa, riportava l'elenco delle pietanze con il tipico stile gastromitomaniaco che impone l'articolo determinativo davanti alla pietanza: LE crudité di mare, IL risotto di asparagi allo champagne ecc.

Come a dire cioè che non si tratta di un qualsiasi qualcosa, ma DEL qualcosa: il platonismo degli chef, insomma, che non ci ammanniscono più una copia dell'idea, ma l'idea stessa. La quintessenza, la cosa in sé, perché come lo fanno loro questo cazzo di risotto non lo fa nessuno.

Ed è già tanto, bisogna ammettere, che avessero almeno omesso il pronome possessivo dopo l'articolo, come invece fanno ancora alcuni sfacciati gastromitomaniaci. *Il nostro risotto*, quasi che tu debba sentirti un po' in colpa se glielo mangi. Manco te lo regalassero. Ché «no amici!» vorresti dire. «Nostro no, se permettete. Me lo fate pagare il *nostro risotto*? Bene, allora è mio».

Comunque, ripeto, sono dettagli. Perché in verità

abbiamo mangiato molto e bene, e questo è quel che importa davvero.

Per il lavoro che faccio, arrivati al dolce, ho capito che ci si aspettava da me un discorso di brindisi. Ma non mi ero preparato niente.

Però ho pensato che quattro parole in croce so metterle anche quando mi prendono alla sprovvista. Ho imparato al Liceo Classico, alle interrogazioni del Liceo Classico: far sempre credere di saperla lunga anche quando la sai breve.

Ho detto, fra le altre cose, che nella vita alla fine si sceglie sempre se far parte di una tragedia o di una commedia. E che ringraziavo i miei genitori per aver scelto di regalarci, a me e a mio fratello, cinquant'anni di splendida commedia all'italiana.

Poi ha preso la parola anche mio fratello, che è uomo di solidi principi e di grande concretezza: «Vi ringraziamo davvero tutti per gli splendidi fiori e le meravigliose piante che hanno letteralmente invaso la casa. Adesso però viviamo in una serra. Ecco, se siete interessati, da domani mi occuperò personalmente di rimetterli in vendita. Prezzi scontatissimi».

C'erano davvero tutti alla festa dei cinquant'anni di matrimonio di Carlo e Nadia. A parte gli assenti giustificati, dicevo. Fra cui i nostri morti.

Nessuno ha parlato di loro, durante il pranzo. Perché il pranzo riguardava la vita, anche se si trattava della fine che si fa mentre tagliamo un traguardo.

E anche se resta del tutto dubbio, per non dire improbabile, che ci sia qualcosa dopo la fine che si fa, fossero anche parole al vento, credo di parlare a nome di Carlo e Nadia, e di mio fratello, se nel rivolgermi a loro, ai nostri morti, trovo soltanto queste parole da cartolina: "Noi stiamo bene, e lo stesso speriamo di voi".

In alto i calici dunque, e tanti auguri a tutti.

Oggi pago un'esorcista ottanta euro l'ora per capire la fine che sto facendo, partendo dall'inizio. E non lo so se serve davvero a qualcosa, ma almeno ho qualcuno a cui posso dire che sto facendo una fine.

L'esorcista ha lo studio in un bel palazzo nella zona sud della città, vicino al mare. Così, una volta la settimana, mi tocca lasciare il paesello e tornare in città, dall'esorcista, perché un'esorcista al paesello proprio non ce l'abbiamo. Lei, l'esorcista, ha l'obbligo del silenzio professionale riguardo a ciò che vado raccontandole, ma io no. Io posso dire tutto quel che mi pare. Sono il cliente. Il cliente ha sempre ragione.

Intanto, le ho raccontato di Legione. Le ho detto che ho paura di questo demone perché sono molti e sono anch'io, perché siamo tutti, e mi invade, mi toglie pace. Le ho detto che per non sentirmi invaso da Legione ho dovuto trasferirmi in un paesello sulle colline pisane e che, ormai, non frequento quasi più nessuno.

Quando entro dall'esorcista, so di dovermi sedere su un divano con le spalle rivolte alla porta di ingresso. Credo sia una cosa che ha a che fare con la privacy: in questo modo non vedo chi esce dallo studio, e chi esce non vede me. Che poi a me non me ne frega nulla di farmi vedere dall'esorcista, ma magari a qualcuno importa. Non lo so.

La prima volta che ci sono andato, ho preso l'ascensore e, al solito, non mi ricordavo quale fosse il piano giusto. O forse l'esorcista non me lo aveva proprio detto, non me lo ricordo. Comunque, al solito, ho schiacciato il pulsante del terzo.

La cosa buona, devo dire, è che lo studio dell'esorcista me lo sono trovato proprio lì, al terzo piano, davanti all'ascensore. Non ho dovuto faticare su e giù per le scale.

Ormai ci vado da qualche mese, una volta la settimana. A volte mi sembra di perdere tempo e denaro. A volte che mi serva a qualcosa. Non lo so. Però continuo ad andarci.

Indubbiamente dai nostri incontri sono emerse alcune

cose interessanti. La più importante, credo, è la verità su un ricordo di infanzia che avevo sempre travisato.

Sono in fondo alla strada chiusa, avrò quattro anni, sto seduto su una Lambretta. Chissà di chi è. Nadia è lì, davanti a me, con in mano un bicchiere pieno di un liquido rossastro. Vuole farmelo bere a tutti i costi: «Ti fa tanto bene, bevilo» mi dice. Me lo appoggia alle labbra, lo alza: o lo bevo o mi va tutto addosso. Non voglio sporcarmi. Così ne prendo un sorso, ma non mi piace: è dolciastro, non lo voglio.

Ho sempre creduto fosse una centrifuga di carote. Odiavo quello schifo, non volevo berlo.

Dopo averlo raccontato all'esorcista però mi è capitato di sognare quella scena che avevo rivissuto confusamente centinaia di volte.

Ma nel sogno, per la prima volta dopo tutti questi anni, non mi sono semplicemente ricordato che l'intruglio aveva un sapore disgustoso. No, ho sentito proprio quello strano sapore in bocca, come se avessi quattro anni e Nadia fosse lì, a versarmi in bocca quello schifo.

Così l'ho chiesto a lei, a Nadia.

«Ma te lo ricordi di quando mi costringevi a bere il succo di carote?» le ho detto.

«No. Succo di carote dici? Non me lo ricordo proprio.»

«Ma come no? Io me lo ricordo benissimo. Ero seduto sulla Lambretta e te con quel coso in mano che me lo volevi far bere a tutti i costi.»

«Boh. Ti spremevo la carne, quella sì. La centrifugavo perché non volevi mangiarla, e mi ero fissata che se non la mangiavi ti saresti ammalato. Che scema che ero.»

Anche l'esorcista ha trovato interessante che avessi rimosso la carne sostituendola con la carota. La carota di carne nella centrifuga. Mi ero rifiutato di bere il sangue della carota centrifugata da mia madre. Il succo della rimozione sarebbe insomma il sangue di carota della propria castrazione. Soprattutto però mi ha fatto piacere portare a un'esorcista freudiana un esempio appropriato che le risultasse gradito, come quando ti invitano a cena e omaggi fiori alla signora.

«Ma di cosa avevi paura? Che morissi di fame? Ma se ero ciccione anche da piccino!»

«Te l'ho detto, ero scema» ha concluso Nadia ridendo.

Anche dall'esorcista, ogni volta che prendo l'ascensore, leggo sempre la placchetta che riporta i limiti di capienza: 4 persone, 360 chilogrammi.

Così, da un certo punto di vista, la mia vita è sempre stata una lotta con me stesso per avere il diritto ponderale di rientrare in un quarto di quel totale che l'ascensore sopporta.

Anche se in realtà ho sempre provato disagio a prendere l'ascensore in compagnia di sconosciuti e, quando possibile, alla fine ho sempre preferito aspettare e ascendere da solo.

Ecco quindi, mi dico, perché non sono mai stato comunista nonostante intorno a me lo fossero più o meno tutti. Ora finalmente l'ho capito.

Vorrei un ascensore tutto per me perché sono un po' timido.

6
La stanza fredda

Questa non è una storia, dicevo. Non è "il viaggio dell'eroe", il format che da Omero è sceso giù, giù e ancora più giù, in ogni variante possibile e immaginabile, fino alle malattie misteriose, ai miei parassiti, a *MasterChef*, all'alta infedeltà, alle fiction, e a tutte le storie che siamo rimasti a vedere in tv, per tutte le sere di questa nostra prematura vecchiaia. Non è la chiamata dell'eroe alla missione, le sue peripezie, gli antagonisti, la prova estrema, e finalmente il ritorno con una consapevolezza nuova. Non sono gli ultimi secondi del *pressure test* in cui tutta la vita ti scorre davanti mentre sfiletti il merluzzo e gli dèi ti guardano dalla balconata, mentre le Moire ti avvertono implacabili: «Dàààài, foorza, mancano dieci secondi!».

Non è il viaggio dell'eroe, dicevo, anche se una volta ho alzato la tapparella del finestrino, di notte, mentre l'aereo stava volando sopra Rio de Janeiro e, virando in rotta per San Paolo, d'un tratto ho visto le stelle che non avevo mai visto prima.

Allora questo forse è il *Sogno di Scipione*, che per gran tempo fu l'unica cosa rimasta di un libro che si chiamava *De republica*, scritto da Cicerone e poi andato perduto, perché comunque tutto prima o poi si perde. E l'ironia della sorte volle che l'unica cosa rimasta di questo libro fosse proprio uno stralcio in cui si dice che "perfino tra la gente in grado di udire il nostro nome, nessuno può lasciare di sé un ricordo che duri più di un anno" e che quindi non ha molto senso darsi troppa pena per le cose terrene e inseguire una fama che comunque sarà dispersa entro breve, così come ogni conquista terrena pare niente se vista dalla distanza siderale in cui ha luogo il *Sogno di Scipione*.

Perché andò così, che Publio Cornelio Scipione era stato invitato a cena dal vecchio Massinissa, un re africano molto amico della sua famiglia, e mangia questo, bevi quell'altro, alla fine Publio Cornelio si era addormentato, e nel sonno era venuto a trovarlo suo nonno, Scipione l'Africano, che gli aveva predetto imprese gloriose ma anche una morte prematura, per cui insomma si mettesse l'animo in pace, sapendo che stava facendo una fine.

Dalla distanza siderale del sogno, Publio Cornelio a un certo punto viene preso dallo stupore perché, dice, "c'erano stelle che non vediamo mai dalle nostre regioni terrene". E d'un tratto si accorge anche di una musica che pervade tutto, un suono composito e armonioso che avvolge la sfera del sogno. Suo nonno gli spiega che "le orecchie degli uomini, riempite da tale suono, sono diventate sorde". Quel suono, prodotto dalle orbite degli astri, è così intenso e presente alle orecchie degli uomini, vuol dire il nonno, che gli uomini non ci fanno più neanche caso.

E che dunque Publio Cornelio continuasse a rivolgere lo sguardo verso quel cielo eterno e a porgere orecchio a quella musica celeste, benché nell'immediato gli sarebbe toccato di assediare Cartagine come soldato, e due anni dopo di conquistarla e distruggerla a capo di una legione. Ma non credesse dunque che la distruzione di Cartagine sia tutto quello cui può aspirare un uomo, perché anche di quell'impresa alla fine si perderà memoria.

Allora l'aereo, che si era messo in rotta per San Paolo, ha cominciato a perdere quota in vista dell'atterraggio e dal finestrino mi è apparsa chiaramente, nel silenzio più assoluto dei dormienti, la Croce del Sud. L'ho vista una volta, e poi anche altre volte, ma nella memoria l'ho vista una volta sola.

Come capita sempre dopo l'atterraggio, le orecchie si sono stappate d'improvviso, e come sempre capita, solo nel momento in cui si stappano ti accorgi di essere stato immerso in una campana di ovatta. Così sono tornato a sentire il rumore del mondo.

Una volta, a diciannove anni, ero piuttosto bello e persino magro. Dopo la maturità, come si usava, ero andato a passare l'estate a Londra. Avevo trovato lavoro al mercato di Camden Town, come venditore di *second hand Levi's 501*. La novità di quegli anni fu per me scoprire che più i jeans erano stinti e sdruciti, meglio si vendevano. Strano, no?

Poi, per carità, me ne sarebbero capitate anche dopo di storie, storielle e amorazzi di ogni genere. Ma quella volta che andai a farmi i capelli proprio dietro il mercato di Camden Town, la ragazza che mi passava il tosaerba a zero sul retro, lasciando il ciuffo rockabilly sul davanti, mi premette il seno contro la nuca. La guardavo riflessa nello specchio, era così bella. Avevo sentito l'importanza delle sue tette, ecco. Ma forse era successo per sbaglio. La seconda volta però le aveva appoggiate con più decisione. Ero molto imbarazzato ma anche piuttosto felice, devo ammettere. Una volta sapevo che la felicità più grande era immaginarsi le cose senza che poi accadessero davvero. Infatti, finito che ebbe di tosarmi, mica le chiesi il numero di telefono. La cosa finì lì.

Una volta ero arrivato a Gettysburg verso le sei di sera, cominciava a far buio. Ero con degli amici. Abbiamo accostato la macchina sul ciglio della strada, siamo scesi, e ci siamo subito sparpagliati. Ognuno ha seguito un suo percorso, lungo la Cemetery Hill, di cippo in cippo. Ciascuno, dunque, fuori luogo a modo suo.

Una cosa che non si può raccontare però è la morte. Non la morte specifica di questo o quello, voglio dire, ma la morte come nebbia che sale dal fondo della collina e avvolge tutto, ancora, dopo così tanti anni, come se non se ne fosse mai andata. Questo non si può raccontare, così come quella volta si poteva soltanto camminare su e giù per la Cemetery Hill e pensare che c'è una fine che non finisce mai, che i soldati che hanno fatto una fine a Gettysburg continuano a farla anche se nessuno li conosce più per nome o ricorda la loro faccia. Anche se nessuno è più a casa ad aspettarli, voglio dire, i soldati di Gettysburg continuano a fare la fine che hanno fatto ogni giorno, quando la nebbia sale dal fondo e piano piano avvolge di bruma tutta la collina. Una volta io questo l'ho visto davvero, verso le sei di sera. Mi ha fatto paura, confesso. Non siamo rimasti molto, a dire la verità. Una mezz'ora appena ci è bastata. Quando però ci siamo rimessi in marcia verso Princeton, nessuno aveva più voglia di dire niente. Il viaggio da allora è stato molto silenzioso.

Una volta ero fuori luogo di domenica mattina, saranno state le sette e mezza. Camminavo da solo sulla 2nd Avenue di Nashville. Ero appena arrivato, dopo un viaggio che era durato tutta la notte. Cosa ci facevo a Nashville di domenica mattina? Assolutamente niente. Camminavo da solo, su e giù per la 2nd Avenue e la 2nd Avenue era deserta. Mi pareva di aver scorto un *diner* già aperto: avrei potuto prendermi un *regular*, una di quelle sbrosce di caffè che non sanno di molto ma almeno ti scaldano le mani. E invece mi trovo davanti un tipo, che sbuca da una svolta di strada, così, all'improvviso. E giuro che è andata proprio così come la racconto: il tipo mi si para in mezzo al marciapiede a gambe leggermente divaricate, a una ventina di metri. Lo guardo meglio, e mi accorgo che deve avere i suoi anni. È magro, il volto scavato, in testa ha uno Stetson a tesa larga e una specie di gancio di ferro al posto della mano destra. Ma non ha un'aria cattiva, tutt'altro: vederlo, non so perché, mi rassicura. Mi faccio avanti di pochi passi, lui fa lo stesso.

«Are you lost, man?» mi chiede. Sorride.

«Well... We all are, I guess» rispondo. Sorrido.

Mi chiede da dove vengo, mi augura una buona permanenza a Nashville. Sparisce per sempre, sparisco a mia volta.

Una volta Herr Patemann entrò nella libreria di Brema dove lavoravo, ma ero fuori luogo. Una volta, ma lo faceva tutti i giorni, verso le cinque del pomeriggio, e cominciava a guardarsi attorno. Sfogliava i libri esposti, leggeva il risvolto di copertina, li soppesava, li rimetteva al loro posto con cura. Ma scuoteva la testa. Faceva il suo giro, ogni giorno verso le cinque, fra gli espositori dei libri. Infine mi cacciava addosso i suoi piccoli occhietti celesti, semichiusi fra le palpebre cadenti, come due spilli conficcati su una testa troppo grande, che pareva fatta di gomma. E finalmente parlava: «Immer schlechter... Es ist immer schlechter...».

Sempre peggio, è sempre peggio, diceva. Si riferiva all'editoria immagino, o forse alla vita in generale. Fatto sta che non ha mai comprato un libro, anche se veniva in libreria tutti i giorni. Ci veniva tutti i giorni, ma nella memoria è come se fosse una volta. Venne una volta, non lo vidi mai più.

Una volta il treno si fermò al confine con la Germania Est. Una volta c'era la Germania Est. Il treno si fermò nel silenzio più perfetto, nella terra di nessuno dove eravamo tutti fuori luogo. Tutti, me compreso. Eravamo stati avvertiti che non saremmo dovuti scendere per nessun motivo al mondo. Ci raccontavano che una volta, ma non quella, uno che aveva voglia di farsi un bel panino fosse sceso per vedere se c'era un bar, lì in mezzo al nulla, e che venisse per questo falciato da una raffica di mitra.

Così dovevamo aspettare nel silenzio più perfetto, non si sa cosa. Restammo fermi non so quanto, forse un'ora. Poi salirono coi cani e i cani annusavano ovunque. I soldati di frontiera ci chiesero i documenti e frugarono dappertutto. Il treno finalmente ripartì. Pochi chilometri dopo, sotto la neve, una contadina ferma a un passaggio a livello agitava un fazzoletto bianco in segno di saluto.

Una volta era una notte d'estate. Ballavamo nel parco, davanti alla villa sul mare di un amico con tre cognomi. C'era un po' di gente, ma c'erano comunque più cognomi che persone. Alcuni ne avevano anche quattro, se ricordo bene. Comunque si ballava, si beveva una cosa, si parlava con questo e quello, anche se io, con un cognome solo, peraltro anche piuttosto corto, mi sentivo fuori luogo.

Ricordo un olandese. Diceva di aver fatto i soldi alla fine degli anni Ottanta, con un hedge fund. Ma non un po' di soldi. Proprio i soldi, intendendone un mare, non so quanti di preciso, ma diciamo uno sproposito. Così si era comprato un famoso champagne. E non una bottiglia o una cassa, no. Intendo proprio il marchio, con annessi vigneti e cantine.

Infine ne aveva avuto abbastanza dello champagne e si era messo a gestire dei parchi naturali in Africa con una sua fondazione. Però, che bravo.

Si ballava, dicevo, si chiacchierava un po' di questo e quello. Poi a un certo punto era arrivato il vicino di villa, anche lui con tre cognomi, tutti imparentati in qualche modo con i tre cognomi del mio amico. Era vecchio, molto vecchio. Lo tenevano in piedi due filippine. Aveva il cannello dell'ossigeno al naso. Ma non si era dato per vinto, neanche con il cannello dell'ossigeno al naso. Anzi, aveva accennato due passi su *Get Lucky* dei Daft Punk. Poi si era rotto i coglioni e le filippine se lo erano riportato a casa, un passo alla volta, attraverso il parco.

Una volta io e l'Ambasciatore eravamo seduti ai tavoli del Gales Bar, il miglior bar karaoke di Asunción e quindi di tutto il Paraguay, sulla Mariscal Estigarribia. Ma non eravamo lì per il karaoke, io e l'Ambasciatore. Era ancora troppo presto per quello. Avevamo preso giusto una birra, in attesa che si facesse l'ora di andare a una cena coi coreani. Non facevo parte del corpo diplomatico, non avevo interessi che riguardassero la Corea. Non ci stavo a fare niente lì, al Gales Bar di Asunción, con il nostro Ambasciatore. Avevo tenuto una conferenza, il giorno prima, è vero, ma ero comunque fuori luogo, anche se non era affatto male essere fuori luogo proprio lì, sulla Mariscal Estigarribia.

Perché è lì, mentre continuavo a fare una fine, che ho provato la migliore nostalgia di tutta una vita.

Non era tanto il proprietario del bar che, visto il nostro Ambasciatore, era spuntato fuori a raccontarci le sue origini italiane e a mostrarci le foto di un raduno familiare per cui erano venuti da tutto il Sud America.

Era piuttosto la trasandata bellezza di tutto quel barrio, di quei palazzotti cadenti che echeggiavano il decoro di quando il Chaco era tutto paraguayo, e la distanza infinita dal mare, lì, in mezzo al continente. La certezza infine che presto tutto sarebbe scomparso, che qualcuno con qualche soldo, di lì a qualche anno, avrebbe cominciato a pensare che in fondo il centro di Asunción non è così male, e allora forse Asunción sarebbe diventata come San Paolo, dove sull'Avenida Paulista è rimasta una sola villetta da *cafeteiro*, a farsi mangiare dai rovi tropicali, in mezzo ai grattacieli. Oppure, come mi auguro, i grattacieli avrebbero continuato a spuntare più in là, nel Barrio Ycuá Satí e in periferia, e invece lì, in quei palazzotti cadenti dell'epoca bella, avrebbero cominciato ad abitare gli scrittori, gli artisti, gli architetti e gli psicanalisti, e insomma tutta la crema paraguaiana; e invece del karaoke sarebbero comparsi quei ristorantini dove si reinterpreta la tradizione con un occhio alle ultime tendenze della gastronomia internazionale ed è tutto bio, non OGM, chilometro zero, un po' di *giàs* in sottofondo, e le mostre delle fotografe e le presentazioni dei libri, il teatro sperimentale, un cinemino che fa retrospettive, i locali dove si beve benissimo e insomma tutto quello che ci piaceva tanto e di cui, in realtà, non ne possiamo assolutamente più, fino al punto di essere finiti a fare una fine in un paesello sulle colline pisane.

Ma nel frattempo, dicevo all'Ambasciatore, eravamo lì, a goderci la nostalgia del presente che sarebbe presto passato, forse gli ultimi ad aver visto Asunción come nessuno ad Asunción vorrebbe che restasse Asunción, perché anche la mia nostalgia, ci tenevo a dire all'Ambasciatore, è soltanto un piccolo lusso che posso permettermi, ma non ne farei mai un programma politico: credo che il barrio dove si dipana la Mariscal Estigarribia e si canta il karaoke debba conoscere quello sviluppo inarrestabile per cui, alla fine, non riusciremo più a sfuggire ai ristorantini, alle mostre fotografiche, alle presentazioni di libri e, in definitiva, all'infelicità costitutiva di tutti quelli che si sentono speciali e portano in giro il loro lagnoso narcisismo, da un ristorantino all'altro, da una mostra all'altra, da una presentazione all'altra, come criceti sulla ruota, in attesa di una fine pietosa che li tolga dalla loro compiaciuta sofferenza. Credo che così debba essere, mentre in quei ristorantini, in quelle mostre di fotografia, in quei cinemini retrospettivi, non mancheranno minoranze agiate che pagheranno in qualche modo il prezzo della loro cattiva coscienza migliorando il mondo a discorsi, fra un aperitivo e l'altro, lamentando la decadenza dei tempi, la perdita dell'innocenza dei contadini del Chaco corrotti dalla società dei consumi, stigmatizzando come segno della fine la comparsa delle antenne paraboliche sulle loro baracche.

La migliore nostalgia di tutta una vita, mentre facciamo una fine, pensai allora, è quella per il presente, visto dal prossimo futuro. La nostalgia migliore, quella che ho provato mentre parlavo con il nostro Ambasciatore in Paraguay, non era quella per la città che mi ero lasciato alle spalle senza voltarmi indietro, ma quella per come eravamo io e lui nel momento in cui la provavo, seduti fuori luogo, a lato di un mondo che scompare di qui a pochi anni, come è inevitabile che sia.

Una volta ho visto Valeria Bruni Tedeschi comparire su un set con un vestito bellissimo e delle ciabatte ai piedi. Parlava animatamente in francese al cellulare. Io la guardavo da dentro il camper del trucco. Come era bella. Poi siamo passati al parrucco e mentre venivamo acconciati lei mi ha detto: «Facciamo un po' di memoria, ti va?». Intendeva dire che era meglio se ripassavamo le battute. Abbiamo fatto un po' di memoria. Io mi sentivo fuori luogo, perché non sono un attore, e quello era il cinema.

Una volta ho detto messa in Santa Maria in Trastevere, vestito con l'abito talare. Una cosa davvero fuori luogo, anche se in fondo era soltanto cinema.

Una volta ero vestito fuori luogo, con un abito di lana, il gilet di lana, la cravatta di lana, ai primi di agosto, nell'agosto più torrido che Roma ricordasse in tanti anni, e sudavo. Sudavo come un maiale. Anche se l'Archibugi era molto gentile, come è nella sua natura, e si scusava, ma le maestranze avevano deciso la pausa e poco importava se gli attori grondavano, perché se è pausa, che pausa sia, o si va in straordinario e si sfora il budget.

Quella volta era inverno nella fiction ma, fuori dalla fiction, era piena estate e faceva un caldo atroce. Allora mi ricordai un verso di Eliot che dice così: *"I read, much of the night, and go south in the winter"*. Credo che Eliot volesse dipingere un mondo alla rovescia, un mondo dove siamo tutti fuori luogo. Amavo molto Eliot quando ancora mi piaceva leggere. L'ho letto tante volte, ma nella memoria l'ho letto una volta sola.

Una volta sono andato in carcere a parlare di letteratura ai detenuti. Ci sono andato molte volte in carcere, a parlare di letteratura, ma una volta più di altre. Quella volta, in particolare, abbiamo parlato di Madame Bovary, in massima sicurezza.

Diversi detenuti avevano letto Flaubert. Qualcuno in vista del nostro incontro. Qualcuno perché, avendo un lungo tempo vuoto da riempire, l'aveva letto di sua iniziativa. Uno, addirittura, l'aveva letto ancora prima di finire in carcere, perché comunque, in massima sicurezza, ci finisce l'élite del crimine, mica i ladri di polli.

Comunque, io ho soltanto detto loro che la fine che avrebbero fatto Carlo ed Emma avrebbero potuto indovinarla già dalle prime pagine di questo straordinario capolavoro. Un libro così perfetto, ho confessato, che davvero non si capisce perché ci ostiniamo a scriverne altri.

La fine che avrebbe fatto Carlo, ho detto, la si poteva intuire già da quella tremenda figuraccia che fa il primo giorno di scuola, per via del suo ridicolo berretto.

Ma è la fine di Emma che il lettore attento può indovinare addirittura prima che Emma stessa entri in scena. Ed è davvero terribile quando la fine che fa un personaggio è decisa così, da un dettaglio apparentemente insignificante. I grandi scrittori alle volte sono davvero spietati.

Nel caso di Emma, poi, Flaubert è così ironico e crudele da mettere l'indizio decisivo proprio sotto gli occhi di Carlo, la prima volta che questi si reca a cavallo alla fattoria del signor Rouault.

Una bella fattoria, non c'è dubbio: robusti cavalli da lavoro, un bel letamaio fumigante, un alto granaio, un lungo ovile. Non manca nulla. Nel cortile razzolano polli e tacchini. E «cinque o sei pavoni», che però non servono a niente. «Non uno o due, badate bene» ho detto loro «ma cinque o sei.»

Ecco il dettaglio decisivo: le ambizioni del padre di Emma fanno la ruota sull'aia.

Che poi subito dopo Emma non trovi l'agoraio, perché di cucire non gliene importa nulla, e che si punga le dita mentre cuce, perché ha la testa fra le nuvole, che succhi infine le gocce del quarto di sangue oscuro con inconsapevole malizia, pare dunque inevitabile per la presenza di quei pavoni paterni nel cortile.

Quella volta abbiamo discusso a lungo, in massima sicurezza, di queste cose. Se la fine che si fa, la si fa per le nostre scelte, voglio dire, o per il quarto di sangue oscuro che ci scorre nelle vene, e se, in ogni caso, non sia dunque vero che ciascuno porta sulle spalle un fardello mortifero di verità individuale che finirà prima o poi per abbatterlo.

Come è facile intuire, il tempo in cui si svolgono le discussioni che intratteniamo in massima sicurezza è un tempo diverso da quello in cui si svolgono fuori dal carcere. In massima sicurezza le parole sono immerse nel tempo, ne hanno il respiro, che è poi quello che sempre spetterebbe loro se ne avessimo un qualche rispetto. Il rispetto insomma che si dovrebbe portare quando siamo in casa d'altri: le parole non sono mai le nostre, ma sempre già dette prima che nascessimo, da altri, da quelli che infatti trapassano come spettri fra le sconnessioni del tempo.

Fuori dal carcere, le parole spesso il tempo lo sfiorano appena. Fuori dal carcere, spesso, le parole lasciano il tempo che trovano.

Per questo credo che, potendo scegliere, abbia molto più senso parlare di libri in un carcere di massima sicurezza che non, ad esempio, in una libreria. Mentre infatti nella libreria il letterato fa la ruota davanti a una platea (magari semideserta) in attesa che, alla fine, qualcuno del pubblico faccia a sua volta la ruota con una domanda, nel carcere, qualunque fossero le ambizioni del letterato, o quali che fossero quelle del detenuto, è evidente a tutti che le ripetute mandate di chiavi, corridoio dopo corridoio, finiscono con il delimitare uno spazio angusto di massima sicurezza in cui però il tempo si allarga, inevitabilmente, fino a diventare quello di tutta la vita, intesa anche e soprattutto come condanna. Anzi, meglio, quello della sommatoria delle condanne a vita, per un totale di anni che basterebbe a farci tornare indietro fino al medioevo o a farci andare avanti fino al giorno del Giudizio, ma comunque tale, per la limitata immaginazione umana, da somigliare all'eternità.

Forse è per questo che i detenuti non fanno mai vere e proprie domande. Parlano sempre a margine. Forse sanno che non ci sono risposte e che domandare all'eternità non serve a niente.

Oppure può darsi sia semplicemente una forma di educazione, da interpretarsi in un preciso e specifico contesto, quello dell'associazione mafiosa, che ricorre fra i capi di imputazione della maggior parte di quei condannati: mettersi a chiedere questo e quello non sta bene.

In ogni caso, quella volta, è risultato chiaro a tutti che la letteratura, qualunque cosa sia, è un ergastolo.

Una volta io e mio padre siamo tornati al Parco delle Viole a portare a spasso Gus. Abbiamo notato entrambi che anche Gus non era più quello di prima. Dopo sei camion era già stanco. Si è sdraiato sul prato con la lingua di fuori. Certo che è proprio vero: gli anni passano per tutti.

Poi siamo andati fino alla panchina in fondo al parco, ma non abbiamo trovato traccia di MS spezzate né guanti di lattice.

«È già da un po' che non ne trovo più di quella roba» ha detto mio padre.

«Mah, chissà che fine ha fatto il nostro uomo» ho detto io.

Gus però ha abbaiato, come se avesse visto qualcosa o qualcuno. Ma non c'era niente e nessuno a parte noi, e la cosa è finita lì.

Una volta io e mia moglie cenavamo al ristorante del paesello. Un ristorante eccellente, devo dire, la cui fama si stende infatti ben oltre i limiti del nostro territorio comunale.

Parlavamo del nostro amico barista, quando inaspettatamente è entrato proprio lui, il nostro amico barista.

«Toh, parlavamo di te, che combinazione!»

Ma il nostro amico barista ha guardato il padrone del ristorante e i due si sono scambiati un sorriso complice. Non capivo.

L'amico barista allora si è seduto al tavolo con noi, per bere un bicchiere di vino.

«Guarda ti spiego» ha detto abbassando la voce, «parlavate di me e sono arrivato, ma qui è normale.»

«Cioè?»

«Perché siete seduti nel cigliere.»

Col termine cigliere si intende in Toscana quella stanza del rustico, spesso uno scantinato, in cui si conservano vettovaglie. In italiano sarebbe celliere. Ma non è di questo che importa adesso.

Secondo il padrone del ristorante e il mio amico barista, nel cigliere, che è diventato una delle sale, dopo una certa ora non ci sono più soltanto gli avventori.

Oltre ai commensali seduti ai tavoli, secondo loro, ci sarebbero altri, che certo non mangiano più da tempo immemore, e che aleggiano intorno alle volte. Dice il mio amico che è come se parlassero senza parole. Suggeriscono, insinuano, ti portano con la testa dove vogliono loro. I più non se ne accorgono neanche e credono di pensare con la loro testa, magari danno la colpa al vino. Altri invece, fra cui il mio amico barista e il padrone del ristorante, si accorgono di essere come attraversati da questi invasori, ma li lasciano fare perché è giusto così.

Il padrone del ristorante da giovane faceva il pugile. Peso piuma immagino, perché è bassino, anche se ha spalle larghe e un fisico asciutto e nervoso. Ha il naso schiacciato dai pugni che deve essersi preso quando combatteva sul ring.

Lui dice che le presenze del cigliere gli hanno insegnato un sacco di cose. Chiunque si creda chissà chi, chiunque non pensi di fare una fine, mi spiega, basta che stia seduto un paio d'ore lì sotto e subito abbassa la cresta e torna a più miti consigli. Forse è questo il motivo per cui, quando tutti i clienti sono andati via, il padrone spesso resta da solo seduto in silenzio sotto le volte del cigliere, con una bottiglia di vino.

Ma non è un argomento di cui parli volentieri. Vi accenna, vi allude, ma non indugia in spiegazioni e aneddoti. Piuttosto, trancia la nostra curiosità con una domanda rituale:

«E allora, cosa vi porto come dolcino? Ciabbiàmo una crostatina ai frutti di bosco che è la fine del mondo».

Comunque, io credo che quella volta si sia trattato soltanto di una banale coincidenza. Non lo so, ecco. La cosa è finita lì.

Una volta, ma è successo almeno tre volte negli ultimi mesi, ricevo una chiamata dal numero 02 800190. Qualcuno da Milano, ho pensato. Chissà chi è, chissà che vuole. Rispondo e dico «pronto, pronto». «Pronto, chi parla?» Passano tre secondi di silenzio, infine una voce femminile mi dice «goodbye» e riattacca. Cerco sull'internet, scopro che è capitato ad altri. Potrebbe trattarsi di un programma di composizione automatica dei numeri in uso in uno di questi allevamenti umani dove i *poveri cristi* devono venderti qualcosa per telefono: il programma intanto fa il numero ma se il *poverocristo* è già occupato con un'altra chiamata allora parte la registrazione.

Oppure no. Potrebbe darsi che uno spettro del tempo scardinato voglia soltanto ricordarmi la fine che sto facendo.

Una volta è venuto a trovarmi un mio amico che si chiama come me, ma che, a differenza di me, sa tutto. Non nel senso in cui talvolta si dice di qualcuno che "sa tutto lui", intendo cioè che è un saputello. Lui sa tutto davvero, non lo fa apposta, e quasi sembra che gli dispiaccia pure: sa proprio tutto, o almeno sa tutto quello che io credo si debba sapere. Ad ogni modo, l'ho fatto accomodare nel mio studio, perché volevamo parlare di libri. Anche il mio amico che si chiama come me è in esilio. Solo che lui è andato molto più lontano, negli Stati Uniti. Insegna morti italiani in una prestigiosa università. Ogni tanto torna per curare gli affari di famiglia.

«Scusami per il freddo che c'è in questa stanza» gli ho detto.

«Ci sono abituato, non ti preoccupare» ha risposto.

«Non so perché, ma questa stanza è la più fredda della casa, eppure il riscaldamento sta acceso come nelle altre stanze. Questa però non si scalda mai.»

«Ah, ma è normale. È la "stanza fredda". Ce ne è sempre una in queste vecchie case.»

«Pensavo dipendesse dall'esposizione, ma non mi torna. La cucina ad esempio è caldissima e guarda a nord come questa.»

«Non c'entra l'esposizione. Tutte queste vecchie case hanno la "stanza fredda", ma dipende da chi ci è vissuto e magari anche da chi ci è morto.»

«Dici?»

«Sì, ma non devi fartene un problema. Ci sono tanti

libri. Lasciane sempre aperto qualcuno sulla scrivania. Devono passare il tempo in qualche modo.»

«Mi sembra una buona idea. Dici che *Hardware and General Goods for the Autumn 1938* possa andar bene?»

«Direi che è perfetto» ha detto il mio amico che si chiama come me. Poi abbiamo parlato d'altro.

Una volta, mentre ero in sala a sfogliare il giornale, si è accesa la televisione in cucina. Si è accesa da sola, così. Una cosa assurda, fuori luogo. Dicono che può trattarsi di uno sbalzo di tensione che la centralina dei comandi ha mal interpretato o di un impulso generato da un altro apparecchio nelle vicinanze, non lo so. Comunque ho spento la televisione ed è finita lì.

Una volta, mentre ero nel mio studio a leggere, la porta si è chiusa improvvisamente, sbattendo. Mi è parso strano perché non c'erano finestre aperte, e non tirava un alito di vento. Ho riaperto la porta, e la cosa è finita lì.

Un'altra volta è venuta a trovarci una cantante lirica con gli occhi verdi spiritati e i capelli rossi, un particolare che non ha necessariamente alcun significato. Però, entrando nella stanza del camino, ha sorriso:

«Che carina» ha detto. Pensavo si riferisse alla stanza. «Si nasconde sotto il tavolo, sta giocando» ha aggiunto. Non capivamo a cosa si riferisse. «Una bambina, ma non fateci caso, scusate... ho queste visioni a volte.» Forse si è resa conto di aver detto una cosa fuori luogo, non lo so. Noi però non ci abbiamo fatto caso. Forse le cantanti liriche a volte hanno queste visioni. Ed è finita lì.

Una volta guardavo il giardino dalla finestra del mio studio e ho visto che mia moglie era lì, fra la tuia cinese e i cipressi, ad annaffiare le piante. Ho aspettato che si voltasse e alzasse gli occhi, così, per salutarla.

Dopo un po' infatti si è voltata e ha guardato verso la mia finestra. Io le ho fatto "ciao ciao" con la mano ma non mi ha risposto.

«Non mi hai visto?» le ho chiesto poi quando è rientrata.

«Visto quando, visto dove?» ha chiesto lei.

«Prima... Ero alla finestra, non mi hai visto? Ti salutavo» le ho risposto.

«Non ho visto niente» ha detto lei.

Io dico delle bugie ogni tanto, lo so, fa parte del mestiere. Ma mia moglie no, è una che dice sempre la verità. Ne dice anche troppa di verità. Non lo so. Forse, in quel preciso momento, il sole batteva sui vetri della finestra, oscurandone la trasparenza. Capita. Forse capita persino a novembre. O forse no, e allora ci sarà un altro motivo. Non lo so.

Comunque la cosa è finita qui.

Finito di stampare nel mese di marzo 2018
presso il Grafica Veneta – via Malcanton, 2 – Trebaseleghe (PD)
Printed in Italy